Chères lectrices,

Pour fêter l'été et l'approche des vacances, votre collection vous réserve, ce mois-ci, deux très bonnes surprises. Tout d'abord, vous l'avez remarqué au premier coup d'œil, le « look » de vos romans a changé. Parce que le premier plaisir, quand on a un livre en main, avant même de commencer à le lire, c'est de le regarder, de le toucher, de le sentir... Quelle joie d'admirer les couleurs d'une couverture, la beauté des illustrations, le dessin des lettres ! Quel bonheur de feuilleter les pages en humant ce parfum délicieux que dégage le papier et qui nous promet tant d'agréables moments de lecture !

D'autant plus que ce mois-ci, un deuxième cadeau vous attend. Parmi les titres de la collection, vous allez découvrir un nouveau rendez-vous, « Play-boys et Milliardaires », qui vous permettra de retrouver, tous les deux mois, des héros — évidemment séduisants ! — qui vous feront partager la vie de la jet-set, dans le décor des palaces les plus chic... Des hommes de pouvoir et d'argent, que la vie a comblés sur tous les plans... ou presque. Car, multipliant les conquêtes faciles et les liaisons tumultueuses, ces séducteurs invétérés n'ont pas encore trouvé l'amour !

Lisez sans attendre *La maîtresse trahie* (n° 2208), pour faire la connaissance de Lucas Karadines, premier « Play-boy et Milliardaire »... un rendez-vous qui deviendra, j'en suis sûre, l'un de vos favoris !

Bonne lecture à toutes !

Le 1er Juin

Découvrez les plays-boys et milliardaires de votre collection Azur !

- Des héros qui vous entraîneront de palaces en casinos, dans la folle vie de la jet-set

- Des hommes de pouvoir et d'argent, que la vie a comblés sur tous les plans... ou presque

- Car, multipliant les conquêtes faciles et les liaisons tumultueuses, ces séducteurs invétérés n'ont pas encore trouvé l'amour !

Intriguée par leurs affaires de coeur ?
Alors, ne manquez pas le mois prochain, votre rendez-vous avec notre play-boy et milliardaire (Azur n° 2208)

Play-boy et milliardaire
1 titre inédit tous les deux mois

CATHERINE GEORGE

Idylle à Pennington

COLLECTION AZUR

Cet ouvrage a été publié en langue anglaise
sous le titre :
RESTLESS NIGHTS

HARLEQUIN®

est une marque déposée du Groupe Harlequin
et Azur® est une marque déposée d'Harlequin S.A.

Toute représentation ou reproduction, par quelque procédé que ce soit, constitue-
rait une contrefaçon sanctionnée par les articles 425 et suivants du Code pénal.
© 2001, Catherine George. © 2002, Traduction française : Harlequin S.A.
83-85, boulevard Vincent-Auriol, 75013 Paris — Tél. : 01 42 16 63 63
Service Lectrices — Tél : 01 45 82 47 47
ISBN 2-280-04917-1 — ISSN 0993-4448

1.

L'odeur forte et âcre qui flottait dans la grange prenait à la gorge. Concentrés sur leur travail, les trois artisans n'y prêtaient pas plus attention qu'à la musique diffusée par la radio. L'un nettoyait des gravures dans un bain spécial avant de les rincer dans un autre et de les suspendre sur une corde par des pinces ; le deuxième retouchait un dessin ; le troisième, une femme dont on devinait les lignes sveltes sous le bleu de travail, se penchait sur un tableau qu'elle examinait à l'aide de verres grossissants qu'un bandeau élastique maintenait autour de sa tête. Tous trois étaient tellement absorbés par leur tâche qu'aucun n'entendit la voiture s'arrêter devant la grange. Personne ne remarqua non plus la haute silhouette qui s'encadra dans l'embrasure de la porte quelques instants plus tard.

Clignant des yeux pour s'habituer à la pénombre après la lumière aveuglante du soleil, le nouveau venu balaya la salle d'un regard impatient et frappa contre le battant de l'épaisse porte coulissante. Comme il n'obtenait aucune réaction, il recommença plus fort jusqu'à ce qu'un des deux jeunes gens se redresse.

Le jeune homme plissa les yeux puis son visage s'éclaira d'un large sourire.

— Adam ! Excusez-moi. Avec ce soleil, j'ai eu du mal à vous reconnaître.

— Bonjour, Eddie. M. Brett est-il là?

La question provoqua un effet inattendu. Eddie et son compagnon se tournèrent d'un même mouvement vers le troisième membre du trio. La jeune femme se raidit en apercevant le visiteur et demanda d'un geste impérieux qu'on éteigne la radio. Ensuite, elle releva posément le bandeau sur son front, ôta ses gants de coton et s'approcha du visiteur avec un calme qui contrastait singulièrement avec la fébrilité de celui-ci.

— M. Brett n'est pas là, annonça-t-elle avec froideur.

— Quand reviendra-t-il? Je suis Adam Dysart, un de ses meilleurs clients, et j'ai besoin d'une restauration urgente sur un portrait. Il faut absolument que je le voie tout de suite.

A ces mots, la jeune femme dévisagea son interlocuteur avec attention. Voilà donc ce qu'était devenu l'héritier de la célèbre salle des ventes Dysart! L'homme n'avait plus rien à voir avec la grande perche d'adolescent dont elle se souvenait. Et au lieu du personnage à l'allure bohème et languissante qu'elle avait imaginé, elle se trouvait face à un colosse affublé d'un jean usé jusqu'à la trame et d'un vieux sweat-shirt noir.

— C'est hors de question, dit-elle d'un ton coupant.

— Pourquoi, bon sang? S'il est en voyage, donnez-moi au moins son numéro de téléphone, que je puisse le joindre.

— M. Brett est à l'hôpital. Il vient d'avoir une crise cardiaque et la seule restauration à laquelle il a le droit de se consacrer concerne sa santé.

— Mon Dieu, c'est terrible!

L'expression de la jeune femme devint plus sévère encore.

— Votre tableau a-t-il tant d'importance que ça?

— C'est pour Harry que je m'inquiète, pas pour mon tableau! Où est-il hospitalisé, que je puisse lui rendre visite?

— Je ne vous le dirai pas. Il est au repos complet et ne

doit pas être importuné pour des raisons professionnelles.

Un petit sourire satisfait aux lèvres, elle le vit crisper les mâchoires. Il avait le plus grand mal à garder son calme, manifestement.

Après un silence, il déclara :

— Vous êtes nouvelle, non ? Harry vous a engagée en plus de Wayne et Eddie pour lui prêter main-forte ?

— Temporairement.

Dérouté par cette réponse laconique, Adam Dysart passa la main dans ses boucles noires.

— Je suis un vieil ami de Harry et je me fais du souci pour lui. Dites-moi au moins comment il va.

— Je rentrerai de l'hôpital vers 8 h 30. Vous n'aurez qu'à m'appeler à la maison pour avoir les dernières nouvelles.

— Vous séjournez ici ?

— J'habite ici. Pour l'instant, du moins. Je suis Gabrielle Brett.

— Gabrielle !

Adam ouvrit des yeux ronds, puis son visage s'éclaircit d'un sourire chaleureux tandis qu'il tendait la main.

— Cela fait si longtemps que je ne vous ai pas vue que je ne vous avais pas reconnue. Pourtant, Harry m'a tellement parlé de vous que j'ai l'impression de vous connaître. Il ne tarit pas d'éloges sur le parcours brillantissime de sa fille et clame à qui veut l'entendre que vous êtes une restauratrice bien plus douée que lui.

Gabrielle ignora le compliment.

— Je le remplace pour l'instant. Quoi qu'il en soit, j'ai du travail par-dessus la tête, alors je ne peux rien pour vous. A présent, vous m'excuserez, mais je dois m'y remettre. Au revoir, monsieur Dysart.

Sur ce salut glacial, elle regagna sa table de travail.

Sidéré, Adam la considéra avec incrédulité puis tourna les talons et s'engouffra dans sa voiture.

Wayne et Eddie jetèrent un regard inquiet en direction de la fille de leur patron. Sa posture rigide trahissait une fureur rentrée qui les impressionna. Sans rien dire, ils reprirent leurs tâches respectives. Au bout de dix minutes, le silence devint si pesant que Gabrielle ôta sa loupe et contempla ses compagnons d'un air résigné.

— Qu'est-ce qui vous tracasse, bon sang?

Wayne, un grand gaillard aussi grand et blond qu'Eddie était brun et râblé, échangea un coup d'œil avec son compagnon.

— D'ordinaire, ton père donne la priorité absolue à Adam quand il vient le voir avec sa dernière trouvaille.

— Je suis au courant des arrangements de mon père avec les Dysart. Il n'en reste pas moins qu'avec la montagne de travail que nous avons sur les bras, je refuse de tout laisser tomber sous prétexte que l'héritier en titre exige une attention immédiate.

— Ton père le sait? demanda Eddie.

Gabrielle lui jeta un coup d'œil assassin.

— C'est précisément parce que mon père n'a jamais su dire non à Adam Dysart qu'il est débordé en permanence. Depuis le départ d'Alison, il a trop à faire, même avec votre aide. Ce n'est pas un hasard s'il a eu une crise cardiaque.

— Aurais-tu peur de restaurer le tableau d'Adam toute seule? s'enquit Eddie.

La question lui valut une autre œillade incendiaire.

— Bien sûr que non! Simplement, M. Dysart devra attendre son tour, comme tout le monde!

— Les Dysart ont programmé une vente très importante, prochainement, déclara Wayne. Adam a probablement déniché quelque chose qu'il aimerait présenter ce jour-là.

— Dommage pour lui! Remarque, s'il y tient vraiment, il peut toujours s'adresser ailleurs.

Wayne fit une grimace qui arracha un soupir agacé à Gabrielle.

— Qu'y a-t-il encore?

— Tu ne peux pas faire ça, Gabrielle. Ton père sera très contrarié.

— Pas si personne ne lui en parle !

— Nous ne dirons rien, mais Adam s'en chargera peut-être.

— Il ignore dans quel hôpital se trouve mon père.

Wayne haussa les épaules.

— Il suffit de téléphoner à l'hôpital de Pennington pour le savoir.

Cette éventualité tourmenta Gabrielle jusqu'à son arrivée à l'hôpital pour sa visite quotidienne à son père. A son grand soulagement, Harry Brett avait meilleure mine et l'étincelle malicieuse dont l'absence l'inquiétait depuis sa crise cardiaque était revenue dans ses yeux.

— Bonsoir, ma chérie. Tu es ravissante, ce soir.

Gabrielle se pencha pour embrasser son père.

— J'ai décidé de vamper M. Austin, répliqua-t-elle en souriant au vieux monsieur installé dans le lit voisin.

Le visage de M. Austin s'illumina aussitôt.

— N'oublie pas que nous sommes des invalides, ma chérie. Il faut nous ménager. Je parie que la tension de M. Austin vient de monter de dix points.

Gabrielle se mit à rire, heureuse que ses efforts ne soient pas passés inaperçus. Après une journée tenus serrés sous un large bandeau de caoutchouc, ses cheveux roux se montraient particulièrement récalcitrants et, comme chaque soir, elle avait mis une éternité à leur redonner un peu de souplesse.

— Il fait une telle chaleur que j'ai failli venir en short. J'ai renoncé de peur de tomber sur l'infirmière en chef. Ce dragon m'aurait sûrement interdit l'accès de l'hôpital.

Approchant une chaise, Gabrielle s'assit près du lit.

— A présent, dis-moi comment tu vas. Et je veux la vérité, pas des mensonges pour me rassurer.

— Officiellement, mon état de santé s'améliore. Officieusement aussi. D'après le gamin qui me sert de médecin, je pourrai rentrer à la maison dans quelques jours si je suis sage.

— Quelle bonne nouvelle ! J'ai hâte que tu reviennes.

— Pas tant que moi.

Gabrielle aborda le sujet qui lui tenait à cœur.

— As-tu eu des coups de fil, aujourd'hui ?

— Si tu penses à ta mère, non. En revanche, elle m'a envoyé ces fleurs, ainsi qu'une carte pour me souhaiter un bon rétablissement.

— Pas d'appels téléphoniques ?

— Non, pourquoi ? Il y a un problème ?

Après une brève hésitation, Gabrielle opta pour la franchise.

— Je ne voulais rien te dire pour ne pas t'ennuyer, mais j'ai eu la visite d'Adam Dysart.

Les yeux de Harry se mirent à pétiller.

— Il a fait une autre trouvaille ?

— Sans doute.

— Comment ça, sans doute ?

— Je lui ai dit que j'avais trop de travail alors je n'ai pas vu son tableau.

— Tu as perdu la tête ! Pourquoi as-tu fait une chose pareille ? Les Dysart sont de vieux amis et Adam est un de mes meilleurs clients depuis qu'il s'est spécialisé dans la peinture.

Une lueur de défi s'alluma dans les yeux de Gabrielle.

— Nous sommes submergés, papa ! De toute façon, je ne vois pas pour quelle raison je laisserais tout tomber sur un caprice d'Adam Dysart.

Harry fit un effort visible pour se contenir.

— La plupart de nos commandes concernent des particuliers qui n'ont fixé aucune échéance. En revanche, une vente est prévue pour bientôt chez Dysart. Si Adam veut faire restaurer un tableau pour le présenter à cette occasion, nous le ferons.

Gabrielle pinça les lèvres.

— Je m'étonne que tu me fasses suffisamment confiance pour me demander d'exécuter un travail pour ton précieux Adam.

— Rentre tes griffes, Gabrielle. Tu sais bien que tu me surpasses, désormais.

La mine butée de sa fille lui arracha un soupir.

— C'était censé demeurer un secret entre Adam et moi, mais étant donné les circonstances, il vaut mieux que tu saches.

— Quoi donc ?

Harry détourna les yeux.

— Il y a environ deux ans, j'ai traversé une mauvaise période. Je venais d'embaucher de l'aide supplémentaire, d'acheter de nouveaux équipements et de faire aménager la chambre forte dans la cave quand un orage a endommagé la toiture. Comme la maison est classée, les réparations atteignaient un montant faramineux or mon découvert dépassait largement la somme que la banque m'autorise. Je ne pouvais pas rester sans toit, alors j'ai voulu vendre certains de nos meubles par l'intermédiaire de Dysart.

Gabrielle le contempla avec effarement.

— Pourquoi ne m'as-tu rien dit ?

— Je ne voulais pas t'ennuyer avec ça. A l'époque, Adam s'est étonné que je veuille me débarrasser de meubles de famille. Il m'a tant pressé de questions que j'ai fini par lui expliquer la situation. Aussitôt, il a mis à ma disposition une partie de la somme dont j'avais besoin. Bien entendu, il s'agissait d'un prêt que j'ai intégralement remboursé.

En proie à une soudaine agitation, Harry pressa la main de sa fille.

— Tu comprends pourquoi il est important que tu restaures ce tableau. Téléphone-lui dès ton retour et présente-lui tes excuses. Je t'en prie.

— D'accord, ne t'inquiète pas. Je ferai tout ce que tu voudras.

Soulagé, Harry se carra contre les oreillers.

— Merci. Tu es une bonne fille.

— Peut-être ne voudra-t-il plus me confier ce travail.

— Cela m'étonnerait !

Gabrielle resta plus longtemps que d'habitude auprès

de son père pour s'assurer que l'incident n'avait pas de répercussion sur son état de santé.

Sur le chemin du retour, elle s'efforça non sans mal de se mettre en condition pour présenter des excuses à Adam Dysart. Si n'importe quel autre client s'était présenté pour une restauration urgente, elle aurait accepté la commande sans arrière-pensées. Mais, dès l'instant où elle avait appris son identité, elle s'était résolue à ne pas lui accorder la priorité. Elle espérait par là lui rendre un peu de la monnaie de sa pièce.

La rancœur qu'elle éprouvait à son égard remontait au tout début de son adolescence. A treize ans, avec son appareil dentaire, un sérieux problème de poids et des parents en instance de divorce, elle se sentait particulièrement mal dans sa peau. Adam était un garçon immense et maigre que son père avait invité à déjeuner pendant les vacances. Dès l'instant où il avait posé les yeux sur elle, il lui avait fait comprendre qu'il lui tardait de partir. Dix-sept ans plus tard, Gabrielle n'avait plus à se tourmenter pour des questions de surcharge pondérale, son sourire éblouissant donnait raison aux traitements d'orthodontie et elle recevait plus d'hommages masculins qu'elle n'en demandait. Néanmoins, elle était écœurée de découvrir qu'en tant que trentenaire, Adam Dysart possédait toutes les caractéristiques qui l'attiraient chez un homme : un physique d'athlète, des yeux bruns et pénétrants, un visage déterminé aux traits réguliers. La mine sombre, elle énuméra en pestant les innombrables atouts dont il bénéficiait en outre : une famille stable, une carrière toute tracée et, comme si cela ne suffisait pas, il possédait d'après Harry un rare talent pour repérer des trésors cachés dans les salles des ventes.

Pendant son adolescence, elle s'était sentie très jalouse de l'affection que son père portait à Adam. En effet, à chaque séjour de vacances qu'elle passait auprès de Harry après le divorce de ses parents, celui-ci ne cessait de lui vanter les mérites de ce garçon qu'il voyait bien plus souvent que sa propre fille.

En suivant sa mère à Londres à treize ans, Gabrielle avait terriblement souffert de la séparation avec son père. Et lorsqu'elle découvrit qu'elle avait hérité du talent et de la passion de Harry pour la restauration de tableaux anciens, elle ressentit ce don comme un lien qui la rapprochait de son père. Après avoir passé son diplôme des beaux-arts, elle avait travaillé pendant plusieurs années pour un atelier londonien renommé et possédait maintenant une réputation qu'elle ne devait qu'à son talent personnel. Sa réussite professionnelle et ses succès amoureux lui donnaient toute raison d'avoir confiance en elle. Mais, curieusement, un regard à Adam Dysart avait suffi à ranimer ses incertitudes d'adolescente et à réveiller une animosité qu'elle croyait enterrée depuis longtemps.

Au moment où elle pénétra dans la maison, le téléphone se mit à sonner.

— Ce n'est que moi! annonça sa mère. Tu sembles déçue.

— Soulagée, pas déçue. Je pensais qu'il s'agissait d'un des clients de papa.

— Comment va Harry?

— Beaucoup mieux. Si tout se passe bien, il pourra rentrer la semaine prochaine.

— Tant mieux! Tu as l'intention de rester à Hayward pour veiller sur lui? demanda Laura.

— Bien sûr. Il faudra qu'il vive au ralenti pendant un certain temps et si je ne suis pas là pour m'en assurer, je suis certaine qu'il se remettra au travail comme si de rien n'était.

— Je croyais que Mme Prince venait faire le ménage et préparer les repas.

— C'est le cas, mais il a besoin d'être soulagé sur le plan professionnel.

— Ses assistants ne suffisent pas?

— Ils sont pleins de bonne volonté, mais ils en sont encore au stade de l'apprentissage.

— Si ton père a besoin d'une surveillance médicale à domicile, je peux très facilement lui trouver quelqu'un.

— Il n'accepterait jamais. Ne t'inquiète pas, maman, je me débrouillerai.

— Et ton emploi à Londres?

— J'ai démissionné. Jake Trent a pris la succession de son père et nos relations ont été plutôt tendues depuis.

— Harcèlement sexuel?

— En quelque sorte.

— Comment vas-tu te débrouiller, financièrement? Je suppose que ton père ne te paie pas.

— Si, bien sûr! Il me verse même un salaire au taux normal.

— Cela signifie que ses affaires vont bien. Dis-lui que je me réjouis qu'il aille mieux.

En raccrochant, Gabrielle décida qu'elle ne dînerait qu'après avoir appelé Adam Dysart. Elle mangerait de meilleur appétit lorsqu'elle aurait fait amende honorable.

Une tasse de thé à la main, elle s'assit à la table de la cuisine. Comme chaque soir, le silence de la grande maison l'oppressa. Elle se prit à souhaiter que la maison que son père avait héritée de sa tante ne fût pas aussi isolée. Les poutres et les boiseries craquaient de façon sinistre quand la fraîcheur du soir succédait à la touffeur du jour. Pour se rassurer, Gabrielle allumait partout avant que la nuit tombe, sauf dans la partie inoccupée de la maison.

Tous les sens en éveil, elle ne put s'empêcher de sursauter en entendant frapper à la porte. Le cœur battant à tout rompre, elle contempla la porte avec terreur puis se ressaisit. Le crépuscule commençait à peine à tomber — il n'y avait pas de quoi s'étonner d'une visite à une heure, somme toute, raisonnable. On frappa de nouveau.

— Gabrielle! C'est Adam Dysart.

Inutile de prétendre qu'elle n'était pas là alors que toutes les lumières étaient allumées. Gabrielle se résigna donc à ouvrir et se trouva face à face avec Adam Dysart pour la deuxième fois de la journée. Grand, débordant d'assurance et infiniment plus élégant dans une chemise blanche et un pantalon de toile, il la contempla d'un air étonné.

16

— Bonsoir, Gabrielle. Je passais dans le coin alors j'ai pensé qu'il serait plus simple de prendre des nouvelles de Harry de vive voix.

Il passait dans le coin, alors que Hayward Farm se trouvait à des kilomètres de toute habitation, au bout d'un chemin de terre semé de nids-de-poule !

Pourtant, elle se réjouit de cette compagnie, même s'il s'agissait de celle de son ennemi d'autrefois. Tout plutôt que de rester seule à écouter les grincements de la vieille demeure.

— Entrez, dit-elle en s'effaçant.

— Je ne compte pas m'attarder. Je viens juste prendre des nouvelles de votre père.

— Si tout va bien, il sortira de l'hôpital la semaine prochaine.

— Formidable !

Adam semblait si sincère que Gabrielle laissa un peu tomber sa garde.

— Voulez-vous boire quelque chose ?

— Je prendrais volontiers une bière.

Lorsqu'il fut assis à table, Gabrielle lui tendit un verre et une canette.

— A la santé de Harry ! dit-il en portant un toast.

Elle acquiesça en silence puis plongea les yeux dans les siens.

— Monsieur Dysart...

— Adam !

Ignorant l'interjection, elle s'arma de courage.

— Je... je voudrais vous présenter mes excuses pour mon attitude cet après-midi. Si vous rapportez le tableau demain, je verrai ce que je peux faire.

La première surprise passée, Adam esquissa un sourire.

— En voilà une déclaration inattendue ! Il est vrai que j'ai été assez surpris par la façon dont vous m'avez rabroué aujourd'hui. Pourquoi ce revirement ?

— J'ai changé d'avis, c'est tout. Bien sûr, si vous préférez confier ce travail à quelqu'un d'autre, je comprendrai.

— Loin de moi cette intention. Harry affirme que vous le surpassez, or j'ai toute confiance en son jugement. C'est votre père qui vous a incitée à accepter ma commande, je suppose ?

Gabrielle hocha la tête.

— Mon refus l'a plongé dans une telle agitation que j'ai préféré lui éviter toute contrariété. Je vous serais donc reconnaissante de rapporter ce tableau. J'imagine qu'il a beaucoup de valeur ?

Adam haussa les épaules.

— Si je me fie à mon instinct, oui. Je l'ai acheté pour une bouchée de pain au cours d'une vente à Londres, ce matin.

Il se pencha vers elle, les yeux brillant d'excitation.

— Je suis quasiment certain que sous les couches de vernis et de peinture il y a quelque chose d'intéressant. Pour l'instant, on ne voit que le buste d'une jeune femme, mais je dirais qu'il s'agit d'un tableau du début XIXe.

— Avez-vous une idée de l'artiste qui l'a peint ?

— La texture du visage évoque le style de William Etty, mais ce n'est qu'une supposition.

— Il est surtout réputé pour ses nus.

Adam acquiesça d'un signe de tête puis étendit ses jambes avec nonchalance, comme s'il se sentait chez lui. Ce qui était probablement le cas, songea Gabrielle. Il devait avoir plus souvent qu'elle l'occasion de boire une bière avec son père autour de cette table.

— C'est difficile à expliquer, reprit-il, mais quand je repère une trouvaille éventuelle, je sens une sorte de picotement le long de ma nuque.

— Il arrive souvent que des trésors de ce genre échappent à la vigilance des experts et des commissaires-priseurs ?

— Pas assez, à mon goût.

— Vous êtes vous-même commissaire-priseur. Vous pourriez avoir déjà laissé passer ce genre d'occasion.

— Je ne pense pas. Nous nous sommes lancés dans la

vente de tableaux quand je me suis associé à mon père. Les meubles et l'argenterie constituent la spécialité de Dysart, mais la société commence à se tailler une bonne réputation dans le domaine pictural.

— Grâce à vous?

L'ironie de la question n'échappa pas à Adam. Un sourire plein d'humour se peignit sur ses lèvres.

— Exactement! Vous me trouvez affreusement prétentieux, je parie.

— Pas du tout. Je suis également consciente de ma valeur sur le plan professionnel. Il n'y a aucune raison de se déprécier inutilement.

Il la considéra sans rien dire pendant un long moment.

— Je suis intrigué. Pourquoi avez-vous refusé de travailler pour moi, cet après-midi?

Gabrielle devint cramoisie.

— Parce que vous étiez persuadé que nous allions tout laisser tomber pour vos beaux yeux.

Ce fut au tour d'Adam de se sentir embarrassé.

— C'était le cas. A mon tour de vous présenter des excuses.

— Cela vous arrive souvent de débarquer à l'improviste avec une de vos trouvailles?

— Pas assez, hélas, sinon je serais millionnaire. Mais quand cela se produit, Harry me fait passer avant tout le monde.

— Il paraît qu'une vente aura lieu bientôt.

— Oui, mais si vous ne pouvez pas restaurer le tableau dans les délais, j'attendrai.

— Vous êtes vraiment convaincu qu'il a de la valeur?

— Je peux toujours me tromper, mais je ne pense pas. La moitié de la toile est recouverte par d'autres couches de peinture. Cela doit cacher quelque chose, un autre personnage ou un paysage peut-être. La signature reste invisible, mais avec un peu de chance, elle apparaîtra au nettoyage. Il ne s'agit pas d'un Van Gogh, mais même si je tiens compte du prix de la restauration, je devrais faire un bon bénéfice.

— Combien l'avez-vous acheté, si ce n'est pas indiscret ?

— Vingt livres cinquante avec un lot d'aquarelles sans intérêt. Je suis le seul à m'être intéressé au lot n° 13.

— Cela vous a porté chance.

— Si ce n'est pas le cas, je ne perdrai pas grand-chose sur le plan financier. En revanche, cela m'a brouillé avec l'un de mes plus vieux amis, murmura-t-il avec un soupir de regret.

— Vous voulez une autre bière ?

— A condition que vous la partagiez avec moi.

Gabrielle alla chercher une autre canette dans le réfrigérateur.

— Comment se fait-il que vous ayez payé si peu pour des enchères londoniennes ?

— Il s'agissait d'une vente constituée des objets et bibelots bas de gamme provenant d'un manoir. Les meubles et bijoux de valeur devaient être mis à prix au cours d'une autre séance.

— Vous fréquentez beaucoup les enchères ?

— Autant que possible, mais je suis tombé sur celle-ci par hasard.

Il lui adressa un coup d'œil ironique.

— Voulez-vous écouter le récit de mes mésaventures, mademoiselle Brett, ou préférez-vous que je vous laisse ?

Gabrielle brûlait de curiosité. Et puis la compagnie d'Adam Dysart n'était pas si désagréable, tout compte fait.

— Que vous est-il arrivé ?

Adam esquissa un sourire sans joie.

— Je suis allé à une soirée très arrosée avant-hier à Londres. Je regagnais la gare hier matin en m'efforçant d'oublier une sérieuse gueule de bois quand j'ai aperçu une affiche signalant la vente d'aujourd'hui. L'exposition avait lieu jusqu'à midi.

*

Sans hésiter, Adam avait filé droit à la salle des ventes. Affublé d'un vieux chapeau et d'une paire de lunettes de soleil qu'il emportait toujours avec lui pour éviter qu'on le reconnaisse, il avait d'abord fait mine de s'intéresser aux gros titres affichés sur la devanture d'une agence de presse voisine afin de passer pour un badaud avant de pénétrer dans la salle. Tandis qu'il parcourait du regard le bric-à-brac déployé sous ses yeux, le picotement familier s'était manifesté. Il y avait là de vieux lampadaires démodés, des chaises de cuisine en piteux état, des lots de vaisselle dépareillée ainsi qu'une myriade d'ustensiles en tout genre. C'était exactement le type de terrain de chasse qu'avec un instinct aiguisé par trois générations de commissaires-priseurs il appréciait au-delà de toute mesure.

Pour une fois, cependant, il était près de s'avouer vaincu, quand il avait repéré quelques tableaux posés à même le sol dans un recoin obscur. Après une inspection rapide, il avait découvert le portrait noirci par des années de poussière et d'innombrables couches de peinture. Une bouffée d'adrénaline avait couru dans ses veines. Il s'était détourné aussitôt pour faire semblant de s'intéresser aux autres lots avant de revenir au lot n° 13. Un deuxième examen l'avait conforté dans sa conviction qu'il tenait là un trésor.

Grisé par sa découverte, il avait quitté la salle des ventes et passé l'après-midi dans une bibliothèque spécialisée pour tenter de retrouver la trace du tableau dans les archives ou, à défaut, d'effectuer des recherches sur les peintres de l'époque. Celles-ci l'avaient dirigé vers William Etty, un peintre académique connu pour ses sujets allégoriques et ses nus. Aux anges, il avait pris un taxi pour Marylebone, acheté des fleurs et du vin avant de se rendre chez Della Tiley, la femme avec laquelle il avait passé la nuit.

Après une longue attente, la porte s'était entrouverte sur Della qui l'avait contemplé avec consternation.

— Adam! Que fais-tu là?

— Je suis revenu pour te demander encore asile pour la nuit.

— Qui est-ce? avait lancé une voix masculine.

D'abord interloqué, Adam avait ébauché un sourire désabusé.

— J'ai été mal inspiré à ce que je vois. Je ne veux pas m'imposer. Merci pour hier soir, Della! A un de ces jours.

— Adam, attends!

Enfilant un peignoir en toute hâte, Della avait ouvert la porte.

— Ce n'est pas ce que tu crois.

A cet instant, une haute silhouette était apparue derrière Della, une serviette nouée autour de la taille pour tout vêtement. Adam avait secoué la tête avec dégoût.

— Si, Della, c'est exactement ce que je crois. Salut, Charlie! Toujours là, à ce que je vois.

Charles Hawkins, un ami de longue date, jura copieusement puis rougit comme une pivoine.

— Nous croyions que tu étais rentré chez toi.

— Considérez que c'est chose faite!

Là-dessus, Adam avait lancé les fleurs à Della, fourré le vin dans son sac et était reparti sans un regard en arrière.

— Et voilà, conclut-il avec une moue désenchantée. J'ai passé la nuit chez ma sœur à Hampstead, acheté le tableau ce matin, attrapé le premier train et suis venu ici séance tenante pour apprendre que Harry avait eu une crise cardiaque avant de me faire jeter dehors encore une fois. Mis à part l'acquisition du portrait, ces dernières quarante-huit heures furent un intermède assez désagréable de la vie d'Adam Dysart, mademoiselle Brett.

2.

Gabrielle demeura un moment sans rien dire. Puis elle demanda :

— Vous étiez amoureux de Della ?

— Non, il s'agissait d'une relation purement physique, répliqua Adam sans détour. Mais, c'est surtout à Charlie que j'en veux.

— Et s'il y avait une explication logique à sa présence chez elle ? Peut-être était-il en train de prendre une douche, tout simplement.

Adam secoua la tête.

— Je connais Della. Au risque de vous choquer, je peux vous garantir qu'elle arborait une expression qu'elle n'a qu'après certains ébats.

Son visage se durcit tandis qu'il poursuivait :

— C'est son droit le plus strict, d'ailleurs, mais je n'aime pas partager. Vous me trouvez sans doute trop exigeant ?

— Pas du tout.

Adam termina son verre et se leva.

— Merci de m'avoir prêté une oreille attentive. J'espère que je ne vous ai pas trop ennuyée.

— Mais non, rassurez-vous.

A dire vrai, Gabrielle ne voyait pas d'un mauvais œil que le très séduisant Adam Dysart subisse quelques déconvenues de temps à autre.

— Cette existence campagnarde doit vous changer de la vie trépidante que vous menez à Londres, non ? demanda Adam.

— Le contraste est un peu rude, en effet, reconnut-elle.

— Vous n'avez personne pour vous tenir compagnie ?

— Ma mère dirige une agence de recrutement à Londres et aucun de mes amis n'est disponible en ce moment.

Adam esquissa une moue sceptique.

— Il doit bien y avoir un homme à qui votre absence pèse cruellement.

— Oui, il y a Jeremy, en effet, mais il est en état de manque dès qu'il s'éloigne un peu trop du bitume. La verdure le rend neurasthénique.

Adam enveloppa la silhouette de Gabrielle d'un regard admiratif.

— Si vous étiez ma compagne, rien ne me retiendrait loin de vous, et surtout pas le bitume.

Surprise par cette déclaration, Gabrielle demeura muette, pour le plus grand amusement d'Adam.

— Cet après-midi, il était difficile de se rendre compte à quoi vous ressembliez dans votre accoutrement. Ce soir, en revanche, j'ai été ébloui par la vision féerique qui m'a ouvert la porte.

Gabrielle savait qu'elle pouvait être séduisante, mais jamais personne ne l'avait décrite dans des termes aussi élogieux.

— Merci.

— Puisque votre solitude vous pèse, je vous inviterais volontiers à séjourner à Friars Wood, mais comme toute la famille est absente, je pense que vous refuserez mon offre. Mes parents sont en Italie chez ma sœur Jessica et son mari, quant à Caroline et Kate, elles ne sont pas là non plus.

— Vous avez trois sœurs ! Elles doivent vous traiter comme un coq en pâte.

— En fait j'en ai quatre. Fanny est en première année à l'université. Cela étant, elles sont loin de m'aduler comme vous semblez le croire. De toute façon, je les vois assez peu, même quand elles résident à Friars Wood, parce que j'habite dans les anciennes écuries.

Cette dernière remarque réveilla la méfiance de Gabrielle. Bien entendu, l'héritier avait droit à tous les privilèges, notamment celui de monopoliser les dépendances quand ses sœurs devaient se cantonner à la maison principale.

— Merci de votre visite, Adam, dit-elle d'un ton coupant. Mon père est à l'hôpital de Pennington. Si vous voulez toujours lui rendre visite, je crois que cela lui ferait plaisir. A supposer que vous ayez le temps, bien sûr.

Surpris par ce brusque changement de ton, Adam écarquilla les yeux.

— Bien sûr que j'ai le temps.

— Apportez-moi le portrait demain matin. Je l'examinerai pour vous donner un délai approximatif.

— Très bien, déclara-t-il avec froideur. Merci encore pour la bière.

Après son départ, Gabrielle regretta de s'être une fois de plus laissé emporter par ses préjugés. En fait d'amende honorable, elle ne s'était guère montrée très aimable vis-à-vis d'un homme qui avait tiré son père d'embarras.

Bien qu'elle n'eût aucun appétit, elle décida de dîner afin de retarder le moment tant redouté du coucher. Après avoir préparé une salade et une omelette, elle alluma la petite télévision portable de la cuisine pour regarder les nouvelles en mangeant. Dix minutes plus tard, son assiette était vide et les nouvelles terminées sans qu'elle eût accordé la moindre attention ni à l'une ni aux autres.

En réalité, Adam Dysart occupait toutes ses pensées. Après le mépris qu'il lui avait témoigné autrefois, son admiration lui réchauffait le cœur — mais s'il espérait se consoler auprès d'elle de la trahison de sa maîtresse, il se préparait une belle déception, aussi séduisant fût-il !

Après avoir confectionné des biscuits pour son père, Gabrielle s'obligea à sortir avec une lampe torche pour s'assurer que la grange était bien verrouillée. Elle revint au pas de course, s'enferma à triple tour, vérifia le fonctionnement de l'alarme et monta dans sa chambre munie d'une tasse de thé.

Installée dans son lit avec la radio pour couvrir les bruits de la maison, elle se promit d'être aimable quand Adam reviendrait le lendemain. Si son père apprenait qu'elle lui battait froid, cela risquait de retarder son rétablissement, voire de provoquer une rechute.

Comme toujours depuis qu'elle dormait seule dans cette maison, elle passa une nuit agitée et se leva de bonne heure. A 8 h 30, elle était fin prête. Vêtue d'une salopette blanche, sa casquette vissée sur la tête, le visage dépourvu de maquillage, elle ne ressemblait en rien à la « vision féerique » qu'avait décrite Adam.

Une fois dans la grange, elle prépara ses outils et sortit une grande loupe sur pied qui lui permettrait d'examiner le portrait. Ensuite, elle alla chercher dans la chambre forte les gravures et les planches sur lesquelles travaillaient ses assistants.

Lorsqu'ils arrivèrent ensemble sur la Harley pétaradante de Wayne, ils ne furent pas peu surpris de recevoir des compliments sur la qualité de leur travail.

— Merci, dit Eddie. Comment va ton père ?

— Beaucoup mieux.

— Dans ce cas, nous pourrions peut-être faire un saut à l'hôpital, ce soir, suggéra Wayne.

— N'hésitez pas. Il sera ravi de parler de la boutique avec vous. A propos, je lui ai signalé la visite d'Adam Dysart. Vous aviez raison : il a insisté pour que nous fassions passer son tableau en priorité.

Un bruit de moteur se fit entendre dans le chemin.

— Wayne, c'est ton tour d'aller préparer le café, déclara Gabrielle en sortant pour accueillir son visiteur.

La veste, le pantalon au pli impeccable et la cravate d'Adam contrastaient avec sa tenue décontractée de la veille. Tout comme la froideur de son salut.

— Bonjour, mademoiselle Brett.

Désarçonnée par ce formalisme, Gabrielle répondit dans un murmure :

— Avez-vous apporté le portrait ?

— Pour quelle autre raison viendrais-je ? riposta-t-il avec agressivité.

Il se pencha à l'intérieur du véhicule pour en sortir le tableau.

Oubliant sa promesse d'amabilité, Gabrielle lui fit signe de le suivre à l'intérieur.

— Posez-le en douceur, ordonna-t-elle.

Cette recommandation lui valut un coup d'œil polaire. Adam s'exécuta sans rien dire puis il s'écarta pour que Gabrielle puisse observer la toile. Ce qu'elle fit avec sa minutie habituelle.

— Veux-tu prendre des notes, Eddie.

Elle se livra à haute voix à une analyse minutieuse qu'elle conclut en précisant qu'il s'agissait de peinture à l'huile et non d'acrylique.

— Donc, le tableau pourrait dater des années 1820, observa Adam.

Gabrielle préféra rester prudente.

— C'est possible. Eddie, note que le sujet n'occupe qu'une moitié de la toile et que le reste est obscurci par des couches de peinture épaisses appliquées par une autre main que celle de l'artiste, comme si on avait voulu effacer quelque chose.

— Je ne me trompais pas, déclara Adam. Il y a bien un autre personnage ou un paysage.

— C'est probable.

Wayne revint, un plateau dans les mains.

— Voulez-vous du café, monsieur Dysart ? proposa Gabrielle.

— Non, merci, je dois filer. Je serai à la salle des

ventes toute la journée. Appelez-moi là-bas si nécessaire. Sinon, je rentre vers 7 heures, le soir.

Adam lui tendit une carte de visite.

— Tous mes numéros sont là ainsi que celui de mon portable.

Eddie et Wayne s'éloignèrent pour laisser Gabrielle seule avec Adam.

— Vous devez savoir que le nettoyage peut prendre beaucoup de temps.

— Peu importe. Il faut aussi que je vous dise : quand votre père restaure un de mes tableaux, j'ai l'habitude de faire un saut quotidiennement pour juger des progrès.

Il l'interrogea du regard, attendant manifestement des objections.

— Qu'en dites-vous ?

— Venez quand vous voulez. Si le tableau a autant de valeur que vous le pensez, peut-être voudrez-vous le remporter chez vous le soir ?

— J'ai toujours laissé les toiles ici. Votre père est très bien assuré, alors autant en profiter, cela me fera gagner du temps. A moins que cela vous pose un problème.

— Aucun.

— Très bien. Merci d'avoir accepté ce travail, dit-il en essayant de réchauffer l'atmosphère.

— Je me contente d'obéir aux ordres, répliqua-t-elle d'un ton distant.

Les mâchoires d'Adam se crispèrent.

— Vous ne vous privez pas de me le faire comprendre, commenta-t-il.

Adressant un salut très sec à Gabrielle, il fit un signe aux garçons et quitta aussitôt la grange.

Gabrielle s'attela à la tâche immédiatement. Avec mille précautions, elle commença par ôter les clous qui maintenaient la toile sur le cadre. Ensuite, elle s'attaqua aux punaises qui la fixaient sur des montants de bois. Celles-ci étaient si bien enfoncées qu'elle mit une éternité. A son grand dépit, l'intérieur du cadre ne portait aucune signature d'artisan connu qui l'aurait mise sur la piste du peintre.

— Aucun indice, si ce n'est qu'il est très ancien, dit-elle à ses deux compagnons.

— Tu n'as même pas une idée de l'époque ? demanda Wayne.

— Il est encore un peu tôt pour se prononcer, mais je pencherais pour le début XIXe, comme Adam. En tout cas, le travail d'origine a été exécuté par un véritable artiste, ce qui n'est pas le cas pour les coups de pinceau de la couche supérieure. Bon, au soleil, maintenant. Pouvez-vous me tenir la loupe pendant que je regarde ?

A la grande satisfaction de Gabrielle, il n'y avait ni déchirure ni restauration antérieure. Elle prit plusieurs photographies puis revint à sa table de travail, posa un masque sur son visage, plaça la loupe sur sa tête et s'empara d'un chiffon de coton imprégné de white spirit pour entamer le nettoyage.

En fin d'après-midi, une montagne de chiffons entourait Gabrielle. Ses yeux la piquaient et son dos l'élançait. Quand Eddie et Wayne vinrent juger de son travail, ils furent très déçus devant ses résultats dérisoires.

— J'en suis encore à enlever la saleté, rappela-t-elle en étouffant un bâillement. Presque deux siècles de poussière, n'oubliez pas. On ne verra la différence que quand j'attaquerai la couche de peinture qui a été rajoutée.

Wayne et Eddie venaient de repartir, quand Gabrielle se rappela qu'Adam Dysart voulait vérifier ses progrès. Or, le tableau était rangé dans la chambre forte et elle ne tenait pas à la rouvrir. Tant pis ! Elle avait accepté de donner la priorité à Adam, mais pour le reste, il n'aurait qu'à se plier à ses règles. Elle terminait sa journée de travail à 5 h 30 précises pour avoir le temps de se doucher avant sa visite quotidienne à son père. Si Adam voulait surveiller son travail, il faudrait qu'il se débrouille pour venir dans la journée.

La chaleur étant toujours aussi étouffante, elle choisit

une courte jupe de lin blanc qu'elle assortit à un chemisier sans manches turquoise.

Lorsqu'elle arriva à l'hôpital, une heure et demie plus tard, ce fut pour constater que Harry avait déjà un visiteur.

Adam Dysart se leva poliment pour l'accueillir, mais son sourire la mit au défi de critiquer sa présence.

Ignorant la provocation, Gabrielle embrassa son père.

— Comment te sens-tu, aujourd'hui ?

— Très bien. Tu arrives bien tard, ce soir. Remarque, je n'ai pas vu le temps passer. Wayne et Eddie sont passés me dire un petit bonjour et Adam est en train de me raconter les péripéties qui ont entouré l'achat du portrait.

— Si je suis en retard, c'est justement parce que j'ai beaucoup travaillé dessus.

Elle se tourna vers M. Austin pour échanger quelques mots avec lui puis s'assit sur la chaise qu'Adam avait préparée pour elle.

— Puis-je me permettre de vous demander comment vous progressez ? s'enquit celui-ci.

— A une allure d'escargot.

— Je m'étonne que tu ne sois pas passé en cours de journée, Adam ! s'exclama Harry. D'ordinaire, tu es sur mon dos en permanence.

Adam lança un coup d'œil entendu en direction de Gabrielle.

— Je pense que votre fille n'apprécierait pas. Je vais vous laisser, si cela ne vous ennuie pas, mais je repasserai.

— Si vous souhaitez voir le tableau, pourriez-vous venir avant 5 h 30 ? déclara Gabrielle. Nous fermons à cette heure-là.

— Pourquoi si tôt ? s'écria Harry. Après le départ des garçons, je travaille encore deux bonnes heures. Surtout à cette époque où la lumière est excellente.

— Si je le faisais, je n'aurais plus le temps de venir te voir.

— C'est vrai. Alors, où en es-tu ?

— A la première phase du nettoyage. On ne voit pas encore grand-chose.

— Je viendrai juger par moi-même demain, dit Adam. Si cela ne vous dérange pas, bien sûr.

— Vous savez bien que non.

Elle accompagna cette réponse d'un sourire sucré auquel Adam répondit par un regard glacial.

Quand celui-ci quitta la chambre, Harry secoua la tête d'un air réprobateur.

— Tu as un problème avec Adam?

— Aucun.

— Ne me raconte pas d'histoires! Tu ne l'aimes pas, c'est évident et j'aimerais savoir pourquoi.

— Il n'est pas nécessaire que j'apprécie tes clients pour travailler pour eux. Rassure-toi, ce n'est rien de personnel. Nous sommes partis sur un mauvais pied, c'est tout. J'ai été exaspérée qu'il veuille qu'on laisse tomber le reste de nos commandes pour lui.

— Tu crois qu'il a raison au sujet du tableau?

— C'est fort possible. La toile semble ancienne, en tout cas. J'en saurai sans doute davantage demain. Tu ne t'ennuies pas trop pendant la journée?

— Non, ne t'inquiète pas. Mme Austin et sa fille viennent tous les après-midi et m'entourent de mille attentions.

— Ce sont elles qui t'ont apporté ce magnifique panier de fruits?

— Non, c'est Adam. Avec un roman policier en prime... Gabrielle, pourquoi cette mine contrariée?

— Cet homme m'exaspère. Il te prête de l'argent, t'apporte des cadeaux somptueux. Même si c'est gentil de sa part, je ne peux pas m'empêcher d'être jalouse. En comparaison, mes biscuits font pâle figure.

— Pas à mes yeux, ma chérie.

Plus tard, Laura appela comme chaque soir.

— Comment va Harry?

— Il a meilleure mine, mais l'infirmière en chef m'a

dit qu'il lui faudrait au moins deux semaines de repos complet après sa sortie de l'hôpital.

— Tel que je connais ton père, il reprendra ses activités à l'instant où il remettra les pieds à Hayward.

— J'en ai peur, hélas.

— J'ai peut-être une solution.

— Ne propose pas d'argent, maman !

Laura se mit à rire.

— Ce n'est pas ce à quoi je pensais, ma chérie. De toute façon, Harry n'est pas à court d'argent.

— Avec les tarifs qu'il pratique, je ne pense pas.

— Sur quoi travailles-tu, en ce moment ?

— Un portrait pour Adam Dysart.

Laura émit un long sifflement.

— Tu l'as revu, alors ? A quoi ressemble-t-il ?

— Il est beau, séduisant et débordant d'assurance comme tous ceux qui sont nés avec une cuillère en argent dans la bouche.

— A ce que je vois, tu ne le portes toujours pas dans ton cœur. Il est marié ?

— Non. Il vient de rompre avec sa maîtresse.

— Comment le sais-tu ?

— Il me l'a dit.

— Tu échanges tout de même quelques mots avec lui, alors ?

— Par la force des choses. Il viendra chaque jour pour vérifier mes progrès jusqu'à ce que la restauration soit terminée.

— Dans ce cas, fais-toi payer le prix fort, ma chérie. Tu ne l'auras pas volé !

3.

Le lendemain, en fin de journée, Gabrielle terminait le nettoyage de la toile lorsque Adam fit son apparition. Elle se sentait si fatiguée qu'elle n'eut même pas la force de lui témoigner la moindre hostilité. Otant sa casquette, elle se passa la main dans les cheveux d'un geste las et désigna sa table de travail.

— A ce stade, votre belle inconnue est en moins bon état que quand j'ai commencé. Le white spirit laisse des auréoles blanches en séchant.

— Je ne suis pas de votre avis. Elle se réveille d'un long sommeil pour revenir parmi nous.

Adam observa intensément le visage dont les contours étaient déjà plus nets. Les yeux violets et l'expression radieuse de la jeune femme suscitèrent chez lui un enthousiasme manifeste.

Lorsqu'il parvint à détacher son regard de la toile, il examina le monticule de chiffons qui jonchait le sol.

— La toile était vraiment très sale.

— Oui, mais curieusement, je n'ai pas enlevé ce que je m'attendais à trouver. D'ordinaire, une peinture aussi ancienne porte des traces de fumée, de suie, de tabac, parfois même de graisse. Pas celle-ci. A mon avis, elle sort tout droit d'un grenier et je me demande si elle a jamais vu la lumière du jour avant qu'on vide la maison.

Le visage d'Adam s'illumina.

— Vous croyez que la dame du portrait l'aurait caché elle-même ?

— Ou quelqu'un d'autre, par méchanceté.

Tous deux contemplèrent le portrait, comme s'ils attendaient une réponse de la mystérieuse inconnue.

— J'ai découvert d'où elle provient, déclara Adam. Il s'agit d'un petit manoir du Herefordshire qui vient d'être transformé en maison de retraite. Il était habité par une vieille dame qui vivait seule.

— La pauvre !

Adam adressa un coup d'œil perçant à Gabrielle.

— Votre solitude vous pèse à ce point ?

— C'est peu dire. Heureusement, les journées sont longues en juin.

— Harry est au courant ?

— Non et j'espère que vous ne lui direz pas, dit-elle d'un ton sévère.

— Bien sûr que non, voyons ! Je n'ai aucune envie qu'il s'inquiète à votre sujet. Vous semblez en douter, mais je suis très attaché à votre père.

— Il vous aime beaucoup aussi, murmura-t-elle d'un air résigné.

— Et cela vous ennuie.

Le retour de Wayne et d'Eddie qui revenaient de la chambre forte épargna à la jeune femme le soin de répondre.

— On peut descendre le portrait ? demanda Wayne.

— Je m'en occuperai, merci. Filez, tous les deux. Il est tard.

— J'aiderai Gabrielle à fermer, déclara Adam.

Se débarrassant de leurs tabliers, les deux apprentis enfourchèrent la moto sans se faire prier.

— Vous ne voyez pas d'inconvénient à ce que je vous prête main-forte ? demanda Adam.

— Aucun.

Du moment que quelqu'un l'accompagnait à la cave, peu lui importait qui, même s'il s'agissait d'Adam Dysart.

Lorsqu'ils eurent fermé la grange, Gabrielle se sentit obligée de faire un effort.

— Voulez-vous prendre une tasse de thé ?

— J'accepterais volontiers si je n'avais peur d'abuser de votre bonne volonté. Et puis, vous devez aller voir Harry.

Gabrielle esquissa un sourire poli.

— Merci de votre aide.

— Je vous en prie. Je dois aller à Londres demain, alors je ne viendrai pas, mais je passerai après-demain sans faute.

Après le départ d'Adam, Gabrielle alluma toutes les lumières. Elle avait beau avoir conscience que c'était ridicule à 6 heures du soir au mois de juin, cela la rassurait.

Comme la veille, elle fit un rapport fidèle de l'évolution de son travail à son père. A l'inverse des jours précédents, Harry semblait épuisé. Un bref entretien avec l'infirmière en chef lui apprit qu'il avait passé des heures dans le salon à suivre un tournoi de cricket à la télévision, d'où sa fatigue. Mais, sur le fond, celle-ci se montra rassurante.

Quand Laura appela, ce soir-là, Gabrielle lui fit part de ses inquiétudes.

— Je me demande comment je vais pouvoir l'obliger à rester tranquille quand il rentrera.

— Justement, j'y ai réfléchi ! Julia me prête son cottage au pays de Galles. J'ai envie d'y emmener ton père pour sa convalescence. J'espère que ma proposition ne provoquera pas de nouvelle crise cardiaque ! Qu'en penses-tu ?

— Pourquoi pas ? répondit sa fille.

En se glissant sous sa couette, Gabrielle s'étonnait encore du tour étrange que prenaient les événements. Après le divorce de ses parents, sa mère avait monté une agence de recrutement avec son amie Julia. Son père avait vendu la maison de Pennington pour s'installer à Hayward chez une vieille tante à lui. Là, il avait transformé la grange en atelier de restauration. A la mort de sa tante Charlotte, il avait hérité la propriété. Après des débuts difficiles, ses affaires avaient fini par prospérer, mais il manquait de main-d'œuvre, surtout depuis qu'Alison, son assistante la plus expérimentée, l'avait quitté pour s'occuper de ses enfants. Et, comme Harry était incapable de dire non à un client, il s'était retrouvé avec une énorme charge de travail qui l'avait mené droit à la crise cardiaque. Que sa mère suggère de l'emmener en convalescence après une séparation de plus de seize ans la sidérait. Mais après tout, l'idée n'était pas mauvaise.

Vers 11 heures, elle lisait tranquillement dans son lit quand la sonnerie stridente du téléphone la fit sursauter. Terrifiée à l'idée qu'il puisse s'agir de mauvaises nouvelles de l'hôpital, elle décrocha d'une main tremblante.

— Gabrielle ? Adam Dysart à l'appareil. Excusez-moi de vous déranger si tard, mais je voulais savoir comment allait Harry aujourd'hui.

— Moins bien. Une overdose de cricket à la télévision, d'après l'infirmière en chef.

— Vous pensez que cela risque de compromettre sa sortie ?

— J'espère que non.

Il y eut une courte pause puis :

— Je vais vous paraître ridicule, mais je me fais du souci à votre sujet, Gabrielle.

— Pourquoi ça ?

— Parce que vous êtes seule dans cette maison isolée avec des biens de valeur. J'aimerais vous aider.

— Comment ça ?

— Nous avons aussi une chambre forte chez Dysart. Je pourrais y transporter les tableaux qu'on a confiés à votre père tous les soirs, si vous le souhaitez.

— C'est très gentil de votre part, mais ce ne sont pas les tableaux qui m'inquiètent.

C'étaient les bruits et les grincements...

— Eddie et Wayne ne pourraient pas dormir à Hayward à tour de rôle jusqu'au retour de Harry ?

— Ce n'est pas nécessaire, je vous assure.

— Comme vous voudrez, mais n'hésitez pas à m'appeler à toute heure du jour ou de la nuit, si besoin est.

— Merci, Adam.

— Je vous en prie. A demain, Gabrielle, et bonne nuit.

Pour la première fois depuis son arrivée, Gabrielle dormit comme un loir, cette nuit-là. Etait-ce dû à la fatigue accumulée de ses nuits blanches successives ou au coup de téléphone d'Adam ? Elle n'aurait su le dire, mais elle se sentait en pleine forme à son réveil. Elle démarra sa journée de bonne heure et travaillait depuis un bon moment quand ses assistants arrivèrent. Elle effectuait des tests sur le bord du tableau afin de déterminer quel solvant utiliser pour ôter les couches de peinture indésirables. Après de nombreux essais, elle opta pour un mélange d'acétone et de white spirit qu'elle passa avec un tampon de coton.

Comme toujours, elle progressa avec une lenteur extrême. Au bout de plusieurs heures, seule une minuscule partie de la toile était nettoyée, mais le peu que cela révélait suffit à provoquer l'admiration de ses compagnons.

— On dirait un autre personnage ! s'exclama Eddie. Cette tache rose, c'est bien de la peau, non ?

— La teinte est trop vive. Il doit plutôt s'agir d'une robe, à mon avis. Quel dommage que mon père ne soit pas là. Il serait aux anges.

— Sûrement, approuva Wayne. Adam vient, aujourd'hui ?

— Demain seulement.

Absorbée par sa tâche, Gabrielle déjeuna d'un sandwich sur le pouce et dut se faire violence pour abandonner le portrait quand vint l'heure de se préparer pour l'hôpital.Rassurée par la bonne mine de son père, elle lui raconta sa journée avec enthousiasme.

— Tu ne regrettes plus de travailler pour Adam, si je comprends bien ?

— C'est pour toi que je le fais, pas pour lui.

Harry tapota tendrement la main de sa fille.

— Menteuse ! Tu oublies l'excitation de découvrir peu à peu ce que cache le tableau. Quel solvant utilises-tu ?

Pendant la discussion technique qui suivit, Harry donna à sa fille de précieux conseils sur la façon de procéder. L'heure de fin des visites approchait quand Gabrielle se rappela brusquement la proposition de sa mère.

— Que comptes-tu faire pour ta convalescence, papa ?

— Je rentre à la maison, quelle question !

— L'infirmière préconise le repos complet.

— Je te promets d'être sage comme une image.

Il n'eut pas plus tôt terminé sa phrase qu'il fronça les sourcils.

— Quoique... Il faudra que je reprenne les rênes de l'atelier sans trop tarder. Après tout, tu ne peux pas t'absenter de Londres et de ton travail indéfiniment.

— Sur ce front-là, je suis libre comme l'air : j'ai démissionné.

— A cause de moi ?

— Non, rassure-toi : je caressais cette idée depuis un moment et je suis à ta disposition pour aussi longtemps que tu auras besoin de moi. Pour en revenir à toi, une vraie convalescence te permettrait de te rétablir plus vite. Que dirais-tu d'un séjour au bord de la mer ?

Harry esquissa un sourire.

— J'ai l'impression que tu as déjà tout combiné. Allez, vide ton sac : qu'as-tu en tête ?

— En fait, l'idée vient de maman. Elle voudrait t'emmener te reposer quinze jours dans le cottage de Julia au pays de Galles.

Harry la dévisagea avec incrédulité.

— C'est vraiment une idée de Laura ?

— Ça t'étonne ?

— Cela fait une éternité que nous n'avons pas partagé le même toit et voilà que, tout d'un coup, elle propose de passer quinze jours avec moi ! Avoue qu'il y a de quoi être surpris.

Par la porte vitrée, Gabrielle aperçut une infirmière qui lui fit signe que les visites étaient terminées.

— Maman appelle tous les jours pour prendre de tes nouvelles. Quelle réponse dois-je lui donner, ce soir ? Oui ou non ?

— Que me conseilles-tu ?

— De réfléchir. Tu me donneras ta réponse demain, si tu préfères.

Au téléphone, Laura s'amusa beaucoup de la stupeur de son ex-mari.

— Je lui passerai un coup de fil demain matin pour l'assurer que j'agis avec les meilleures intentions du monde. Et si c'est ma compagnie qui le chagrine, il n'a qu'à emmener quelqu'un d'autre — si tant est qu'il y ait quelqu'un d'autre.

— Pas que je sache, mais pourquoi ne lui poses-tu pas la question directement puisque tu dois l'appeler ?

Le lendemain, après une journée éprouvante passée à nettoyer centimètre par centimètre la toile noircie, Gabrielle avait presque dégagé le visage d'un autre personnage. Comme le premier, il était obscurci par un vernis craquelé et jauni, mais on distinguait suffisamment les traits de la jeune femme pour remarquer une ressemblance frappante avec l'autre.

— Tu crois que ce sont des sœurs ? demanda Wayne, tout curieux.

Gabrielle se massa la nuque pour soulager ses muscles endoloris.

— Peut-être. Nous en saurons plus demain, quand j'aurai enlevé le reste de la peinture.

Elle jeta un coup d'œil à sa montre. Pourvu qu'Adam ne tarde pas ! Elle se sentait exténuée et, pour une fois, il lui tardait de tout ranger. Pendant que Wayne et Eddie transportaient leurs travaux dans la chambre forte, elle ôta ses lunettes-loupes pour examiner le tableau attentivement. Les visages avaient une luminosité qui signalait un peintre de talent, ce qui signifiait que les deux belles appartenaient à un milieu aisé. Mais de qui pouvait-il bien s'agir ?

Elle sursauta violemment en sentant une main se poser sur son épaule.

— Excusez-moi, murmura Adam. Je ne voulais pas vous effrayer.

Gabrielle fit volte-face.

— Je rêvassais...

Adam se pencha sur le tableau comme s'il découvrait le Saint-Graal.

— Nous avions raison, chuchota-t-il, ébloui. Il y a bien un autre personnage.

— Ce sont des sœurs, non ?

— Oui et je sais qui c'est.

Il se tourna vers elle, les yeux brillants.

— Seriez-vous tentée par une excursion dans le Here-fordshire, dimanche prochain ?

Non sans surprise, Gabrielle s'aperçut que cette perspective la tentait terriblement. Par prudence, cependant, elle se garda de le montrer à son compagnon.

— Comment ça ? Vous ne vous attendez pas que je travaille tout le week-end pour avancer sur la restauration ?

— Malgré vos nombreux préjugés à mon égard, je ne suis pas un esclavagiste.

Gabrielle se mit à rire puis fit signe à Eddie et à Wayne qui attendaient sur le seuil.

— Allez-y, je fermerai.

Dès que la Harley s'éloigna, Adam transporta le portrait dans la cave. Lorsque tous les rangements furent terminés, il accepta de prendre une tasse de thé.

— J'ai très soif, avoua-t-il tandis qu'ils se dirigeaient vers la maison. Je rentre juste de Londres.

« Après une grande réconciliation avec Della ? » ne put s'empêcher de se demander Gabrielle.

— J'ai assisté à une vente dans le West End, hier. J'ai passé la nuit chez Kate et aujourd'hui je me suis arrêté à un marché aux puces sur le chemin du retour.

Gabrielle examina d'un œil sceptique le jean usé que portait son compagnon.

— Vous étiez dans cette tenue à la vente du West End ?

— Vous pensez bien que non. C'est ma tenue de camouflage pour les autres ventes. Avec une paire de lunettes de soleil et un vieux chapeau, personne ne peut me reconnaître. De toute façon, on ne fait jamais d'affaires intéressantes en costume trois-pièces.

Gabrielle précéda son hôte dans la cuisine. La pièce reluisait de propreté grâce aux bons offices de Mme Prince.

— Avez-vous fait d'autres trouvailles ?

— Pas à Londres, mais j'ai acheté deux aquarelles victoriennes aujourd'hui. Rassurez-vous, elles ne nécessitent pas de restauration. J'ai aussi déniché un présentoir à bouteille en argent de l'époque de George III.

Assis sur le coin de la table, il balançait une jambe tout en parlant avec un enthousiasme communicatif. Gabrielle comprit un peu mieux pourquoi son père et lui s'entendaient si bien malgré leur différence d'âge.

— J'espère que mon père approuvera mes dépenses, conclut-il avec une grimace.

— Si ce n'est pas le cas, le prix que vous retirerez de la vente du portrait vous dédommagera.

— Sans doute. Je regrette que notre catalogue soit paru avant que je l'aie acheté.

GabriXVelle poussa une tasse de thé vers lui.

— Si vous en touchez un mot à quelques personnes bien choisies, la nouvelle se répandra comme une traînée de poudre.

— Avant cela, je préfère avoir la certitude qu'il s'agit d'un tableau de valeur. Cela étant, les ventes de Dysart attirent toujours une clientèle de choix, surtout quand on annonce des tableaux.

— Je pourrai mentionner la vente à quelques amis, si vous voulez.

— A qui, par exemple ?

— Mon ami Jeremy Blyth. C'est un antiquaire spécialisé dans la vente de tableaux du XVIII-XIXe. Il fait souvent appel aux services de l'atelier pour lequel je travaille, c'est comme ça que nous nous sommes connus. Tout les amateurs d'art de cette époque le connaissent.

— Il s'agit de l'amoureux du bitume, je suppose ?

— Tout juste.

Une flamme malicieuse s'alluma dans les yeux d'Adam.

— Et vous seriez prête à lui parler du tableau ? Dois-je comprendre que je commence à trouver grâce à vos yeux, mademoiselle Brett ?

— Je m'intéresse seulement à la réaction de Jeremy quand le portrait se révélera dans toute sa gloire.

Une lueur d'incertitude apparut dans le regard d'Adam.

— Je pourrais me tromper.

— Cela m'étonnerait. Depuis le temps que je vois défiler des tableaux entre mes mains, je sais reconnaître une toile authentique d'une copie.

— Depuis combien de temps travaillez-vous ?

— Sur un plan strictement professionnel, neuf ans, mais j'ai appris les ficelles avec mon père pendant mon adolescence. Je connaissais tous les aspects techniques du travail en quittant le lycée.

Adam haussa les sourcils.

— Quel âge avez-vous ?

— Trente ans, pourquoi ?

— Dans cette tenue, on vous en donnerait quinze.

— Merci ! dit-elle en riant.

— Au fait, j'ai oublié de vous demander des nouvelles de Harry.

— Il va bien, mais il a été plutôt surpris, hier soir.

— A quel sujet ?

— Ma mère propose de l'emmener au pays de Galles pour sa convalescence.

— Vos parents s'entendent assez bien pour séjourner ensemble malgré leur divorce ?

— Il s'agissait d'un divorce très civilisé, si je puis dire. Cela étant, ils ne se voient pratiquement jamais, d'où l'étonnement de mon père. Il peut toujours refuser, remarquez, ou revenir ici, si cela se passe mal.

Adam reposa sa tasse et descendit de son perchoir.

— Vous n'avez toujours pas répondu à ma question.

— Laquelle ?

— Viendrez-vous jouer les détectives avec moi, dimanche ?

L'alternative étant cela ou passer la journée seule à Hayward, Gabrielle ne résista pas.

— Voulez-vous que je prépare un pique-nique ?

Une lueur réjouie s'alluma dans le regard d'Adam.

— Vous acceptez ?

— Du moment que vous me ramenez à temps pour voir mon père, oui.

— Dans ce cas marché conclu. Mais pas de pique-nique. Nous déjeunerons au restaurant et je vous raconterai ce que j'ai appris hier.

— Vous l'avez déjà fait.

— J'ai gardé le plus important pour moi et je ne vous révélerai rien avant dimanche pour m'assurer que vous ne me ferez pas faux bond.

Gabrielle le raccompagna à la porte. Au moment de franchir le seuil, il se retourna.

— Merci, Gabrielle.

— Merci pour quoi ?

— Pour la trêve. Je reconnais avoir manqué de tact au départ, mais j'aimerais que nous soyons amis. C'est d'accord ?

Gabrielle haussa les épaules en souriant.

— Forcément, sinon je ne vous accompagnerais pas dimanche.

— Ce Jeremy, il compte beaucoup pour vous ?

— Nous nous voyons souvent et nous partageons de nombreux centres d'intérêt.

— C'est un peu tiède comme description, dites-moi.

— Contrairement à vos relations torrides avec votre amie Della ?

Adam éclata de rire.

— J'ai compris, plus de questions personnelles. Enfin, une, tout de même : j'aimerais savoir si vous passez de meilleures nuits.

— Curieusement, oui. Après votre coup de téléphone, l'autre soir, je me suis endormie comme un bébé.

— Si cela peut vous aider, je peux vous appeler tous les soirs. Ou dormir sur le canapé du salon.

— C'est hors de question !

— Ne vous méprenez pas, Gabrielle. Cela m'inquiète de vous savoir seule ici la nuit. Je peux très bien coucher dans le salon et partir à l'aube tous les matins. Vous ne vous apercevriez même pas de ma présence.

Peut-être, mais sa présence empêcherait plus sûrement Gabrielle de fermer l'œil que le grincement des boiseries.

— Je vous remercie, mais je m'en voudrais de vous déranger.

— Dommage.

Avant qu'elle puisse prévoir son geste, il l'embrassa sur la joue.

— A demain, Gabrielle. Saluez Harry pour moi.

Plus troublée qu'elle ne voulait se l'avouer par ce baiser pourtant très chaste, elle chuchota d'une voix étouffée :

44

— Je n'y manquerai pas.

Une expression indécise se peignit sur le visage d'Adam. Gabrielle crut un instant qu'il allait l'embrasser de nouveau — l'embrasser vraiment, cette fois! — au lieu de quoi, il lui adressa un sourire lumineux puis se dirigea vers sa voiture.

La mine rêveuse, Gabrielle referma la porte. La trêve marquait la fin des hostilités, mais celles-ci n'avaient jamais existé que de son côté. A dire vrai, elle avait eu bien du mal à continuer à en vouloir à Adam Dysart après l'avoir revu. Non seulement, il n'était pas l'enfant gâté qu'elle imaginait, mais en plus de son charme dévastateur, il possédait des qualités morales qu'elle prisait hautement, notamment l'estime du travail bien fait. En bref, elle l'appréciait infiniment plus qu'elle ne l'aurait cru possible. Et, à moins de se tromper lourdement, il éprouvait la même chose à son égard. Surtout en ce qui concernait ses talents de restauratrice...

4.

D'ordinaire, Gabrielle profitait du week-end pour s'occuper des courses et de la lessive. Pourtant, le samedi suivant, elle ne put résister au plaisir de travailler sur le portrait. Eddie et Wayne étant absents, elle put se concentrer sans être interrompue et ne s'arrêta qu'en fin d'après-midi, lorsque la couche de peinture qui recouvrait la majeure partie du tableau fut enfin enlevée. Fascinée, elle examina les deux visages, à la fois si ressemblants et si différents. Le premier, celui qui avait irrésistiblement attiré Adam dans la salle des ventes, rayonnait d'un tel bonheur que Gabrielle fut saisie d'un funeste pressentiment sur le destin de la jeune femme. Pourquoi une beauté aussi radieuse avait-elle été bannie dans un grenier ? Quelqu'un, ou quelque chose, avait voilé l'éclat de ces magnifiques yeux violets et l'événement pouvait fort bien avoir un lien avec l'autre personnage qui contemplait sa sœur d'un œil boudeur.

Ce soir-là, avant de quitter son père, Gabrielle déclara :

— Ne t'inquiète pas si je viens un peu tard demain. Adam m'emmène dans le Herefordshire.

— Tiens donc ! Je croyais que vous étiez à couteaux tirés tous les deux. Pourquoi là-bas précisément ?

— Le portrait vient d'un manoir qui se trouve dans cette région. Adam espère lever le voile sur le mystère qui l'entoure.

— Je regrette de ne pouvoir vous accompagner. Cependant, je doute qu'Adam apprécierait de m'avoir pour chaperon.

— Ne te méprends pas sur nos relations, papa. A propos, qu'as-tu décidé pour le pays de Galles ?

— Je ne te l'ai pas dit ? J'accepte, bien sûr. Je serais bien bête de refuser des vacances tous frais payés.

Le lendemain, la journée s'annonçant très chaude, Gabrielle enfila une petite robe de lin et des sandales.

Vers 10 heures, Adam arriva au volant d'un cabriolet décapotable des années 60 qui faisait visiblement la fierté de son propriétaire.

— Quelle voiture ! s'exclama Gabrielle.

Adam caressa le capot avec douceur.

— C'est l'amour de ma vie.

Il fronça les sourcils en dévisageant la jeune femme.

— Vous êtes ravissante, comme toujours, mais si je me fie aux cernes que vous avez sous les yeux, la nuit a été plutôt mauvaise.

Gabrielle avait surtout veillé très tard dans l'espoir qu'il appellerait.

— J'ai travaillé assez tard sur le portrait.

Elle s'abstint de préciser qu'elle l'avait emporté dans sa chambre pour ne pas affronter la cave.

— Vous n'auriez pas dû ! Le week-end est fait pour se détendre.

— Je mourais d'envie de voir plus nettement le deuxième visage. Voulez-vous y jeter un coup d'œil ? Le tableau est dans la cuisine.

Adam la suivit sans se faire prier.

— J'ai raison, j'en suis certain à présent ! s'exclamat-il d'une voix vibrant d'excitation.

— Vous pensez qu'il s'agit d'un Etty ?

Il secoua la tête.

— D'un Singleton. Il a fait ses premières armes sous

l'égide de Thomas Lawrence, comme Etty, d'où ma confusion initiale.

— Vous êtes déçu?

— Loin de là. Ce peintre a été moins prolifique car il est mort très jeune, mais la rareté de ses tableaux ajoute à leur valeur artistique. S'il s'agit en plus d'une œuvre non référencée au catalogue...

— Cela devrait provoquer quelques remous dans le petit monde des connaisseurs, acheva Gabrielle en souriant.

— Auquel cas, dépêchons-nous de le porter dans la chambre forte.

Lorsqu'ils remontèrent quelques minutes plus tard, Adam interrogea la jeune femme du regard.

— Si vous avez travaillé, hier, vous avez été obligée de fermer seule, je suppose.

Un peu honteuse de ses terreurs puériles, Gabrielle se garda de révéler qu'elle avait emporté le tableau dans sa chambre.

— Cela valait le coup.

— J'espère que vous n'oublierez pas de facturer vos heures supplémentaires.

— J'en ai bien l'intention. D'ailleurs, nous n'avons pas encore abordé la question de mes tarifs. Mes services ne sont pas bon marché, monsieur Dysart, j'espère que vous vous en rendez compte.

— Je vous paierai le prix qu'il faudra.

— Je n'ai pas l'expérience de mon père, mais je pratique les mêmes tarifs que lui.

Un grand éclat de rire accueillit cette déclaration.

— Je vous paierai votre dû, Gabrielle, mais je ne partage pas votre avis.

— Vous trouvez que je devrais demander moins?

— Pas du tout. Je trouve votre travail aussi bon que celui de Harry et ce n'est pas lui qui me contredira sur ce point.

— Mon père est de parti pris.

— Je le comprends.

Depuis son arrivée à Hayward, cette excursion était le premier moment de détente que s'offrait Gabrielle. Ravie d'oublier ses soucis, elle se perdit dans la contemplation de la campagne anglaise que baignait le soleil éclatant de juin.

— Nous nous arrêterons assez tôt pour le déjeuner, si cela ne vous ennuie pas, déclara Adam.

— Où allons-nous exactement ?

— Il va falloir que vous patientiez encore un peu pour le savoir. J'ai fait une rencontre fort intéressante hier. Vous en récolterez les fruits aujourd'hui.

Agacée par tous ces mystères, Gabrielle s'exclama :

— Etes-vous toujours aussi sibyllin ?

— Chacun ses méthodes. Je n'en ai pas trouvé d'autre pour éveiller votre intérêt.

— Elle n'est pas ordinaire, en tout cas, observa-t-elle en riant.

— J'imagine que votre ami Jeremy utilise des procédés plus sophistiqués. Moi, je n'ai à vous offrir qu'un déjeuner dans un bon vieux pub et un voyage vers une destination inconnue.

Mais il atteignait son objectif. Gabrielle savourait sans mesure cette échappée sur les routes verdoyantes, d'autant qu'Adam conduisait assez doucement pour lui permettre d'apprécier le paysage. Cela la changeait de ses rares expéditions hors de la capitale avec Jeremy. Une fois parti, celui-ci n'avait qu'une obsession : parvenir à bon port au plus vite.

Quelques kilomètres après Ross-on-Wye, Adam bifurqua sur une minuscule route secondaire qui les mena à une auberge nichée au creux d'un vallon. Un nombre impressionnant de voitures stationnaient déjà sur le parking.

— Le cadre est merveilleux, s'exclama Gabrielle, mais si j'en juge par le nombre de véhicules, il sera difficile de trouver une table.

— J'ai réservé.

Gabrielle se mit à rire.

— J'aurais dû m'en douter. Vous pensez toujours à tout.

Une flamme brûlante embrasa le regard d'Adam.

— Qu'y a-t-il? s'enquit-elle.

— Vous devriez rire plus souvent.

— Je n'en ai guère eu l'occasion, ces temps-ci.

— Je le sais. Et je regrette de ne pas avoir été averti plus tôt des problèmes de santé de Harry. Je serais venu prendre de ses nouvelles avant d'avoir acheté le portrait et j'aurais peut-être reçu un accueil plus chaleureux.

— Cela m'étonnerait, déclara Gabrielle.

Sur cette remarque énigmatique, elle pénétra dans le restaurant. Adam la suivit sans rien dire, mais sa mine perplexe donnait à croire qu'elle ne s'en tirerait pas sans lui fournir d'explications.

En effet, dès qu'ils eurent choisi le menu, Adam passa à l'attaque.

— Si je comprends bien, ce n'est pas le fait d'être venu à l'improviste qui m'a valu votre refus, l'autre jour.

— C'est exact.

Les yeux rivés sur lui, Gabrielle examina longuement son compagnon. Même habillé d'une simple chemise blanche retroussée jusqu'aux coudes et d'un pantalon de toile, il était infiniment séduisant.

— Cessez donc de m'observer comme si j'étais un spécimen de foire et expliquez-moi plutôt pourquoi vous étiez montée contre moi, déclara Adam d'un ton sec.

— Vous vous souvenez de notre première rencontre, je suppose? J'avais treize ans et, depuis ce jour-là, je ne vous porte pas dans mon cœur.

Adam écarquilla les yeux, médusé.

— Je n'étais qu'un gamin! Qu'ai-je bien pu faire pour que vous me preniez en grippe?

— Vous avez été très désagréable avec moi.

Adam sourit.

50

— C'est donc ça! Mais vous avez pris de la timidité pour de la grossièreté, c'est tout.

— Pas du tout. J'étais trop forte, pas très jolie et je portais un appareil orthodontique... Bref j'étais mal dans ma peau et vous m'avez fait clairement comprendre que je ne vous intéressais pas.

— J'étais déçu, figurez-vous. Harry ne m'avait pas prévenu que vous étiez une fille et je m'attendais à rencontrer un garçon. Cela n'avait rien de personnel.

Gabrielle pouffa.

— C'est pour ça que vous avez filé sur votre bicyclette à peine la dernière bouchée avalée?

— Vous m'aviez terrifié! Pendant tout le repas vous m'avez fixé d'un regard assassin, comme si vous rêviez de me planter un couteau dans le dos. En revanche, je n'ai aucun souvenir de votre physique supposé ingrat ni de votre embonpoint.

— Pourtant, j'étais énorme. Après le divorce de mes parents, j'ai compensé en dévorant tout ce qui me tombait sous la main. Je vous en voulais aussi parce que vous habitiez encore Pennington alors que j'avais été obligée de suivre ma mère à Londres. Pour couronner le tout, mon père me chantait vos louanges chaque fois que je venais en vacances, alors j'ai fini par vous détester.

— Il me vantait vos mérites à vous aussi, mais il est vrai qu'à cet âge-là, les filles me laissaient indifférent, qu'elles soient grosses ou maigres, intelligentes ou stupides. En fait, j'ai commencé à m'intéresser à vous quand Harry m'a dit que vous aviez hérité de son talent pour la restauration.

Gabrielle poussa un soupir résigné.

— La plupart des hommes me complimentent sur mes yeux, mais la seule chose qui vous plaise chez moi, c'est mon habileté à manier les solvants.

— Je suis très sensible à vos yeux ainsi qu'à de nombreux autres attributs de votre personne, mais vous êtes tellement soupe au lait que je n'ai pas osé vous faire part de mon admiration.

Le visage grave, Adam plongea les yeux dans les siens.

— Je comprends que vous ayez été jalouse à l'adolescence, mais ne me dites pas que vous pensez encore que votre père me préfère à vous ?

— Plus maintenant, mais à quinze ans j'en étais persuadée. Je prenais très mal qu'il passe autant de temps avec vous, ne supportais plus qu'il porte aux nues votre talent exceptionnel pour dénicher des tableaux ou qu'il m'énumère à longueur de journée vos innombrables qualités. Voilà pourquoi j'ai été si désagréable l'autre jour. Tout comme vous, je n'aime pas partager.

Adam hocha la tête.

— Je ne voyais pas votre père tant que ça, vous savez. Je venais à son atelier de temps à autre, mais en dehors de brefs séjours à l'étranger avec Charlie Hawkins, j'ai passé toutes mes vacances jusqu'à ma sortie de l'université à travailler chez Dysart en commençant au bas de l'échelle. Je ne m'en plains pas, d'ailleurs. J'adorais ça, même quand il s'agissait de porter des meubles, mais mes moments préférés étaient ceux où j'écumais les foires à la brocante avec mon père. C'est lui qui m'a appris à repérer les objets de valeur parmi le bric-à-brac. Ensuite, quand j'ai volé de mes propres ailes, mon rayon d'investigation s'est considérablement élargi quand j'ai pu remplacer ma bicyclette par un vieux tacot.

En quelques mots, Adam venait de réduire à néant tous les préjugés de Gabrielle. Loin d'être l'enfant gâté et surprotégé qu'elle avait cru, il avait travaillé dur pour en arriver là où il en était.

— Nous avons plus en commun que je ne le croyais, murmura-t-elle. Moi aussi, je passais mes vacances dans l'atelier de mon père.

— Les leçons du maître.

— Mon père ne se voit pas sous cet angle.

— Moi si. Et c'est aussi comme ça que je considère le mien.

Pendant le déjeuner, la conversation dévia sur des

sujets d'ordre général. Lorsqu'ils reprirent la route, Adam apprit à la jeune femme qu'ils étaient invités pour le thé.

— Ai-je le droit de savoir chez qui ou allez-vous encore faire durer le suspense?

— Nous allons chez Mlle Henrietta Scudamore, du Manoir de Pembridge.

— Qui est-ce?

— Une descendante de notre belle dame mystérieuse. La vente du West End à laquelle je suis allé l'autre jour concernait le mobilier précieux de son manoir. Comme je vous l'ai dit, elle a vendu à un investisseur qui l'a transformé en maison de retraite, mais elle a gardé la jouissance d'un appartement et bénéficiera de services et de soins médicaux gratuits jusqu'à la fin de ses jours.

— Quel âge a-t-elle?

— Près de quatre-vingt-dix ans. Elle a un peu de mal à marcher, mais elle conserve une allure incroyable et toute sa vivacité intellectuelle. Je parie que vous allez tomber sous le charme, vous aussi.

— C'est donc là que vous étiez hier!

Adam lui lança un coup d'œil pénétrant qui la fit rougir jusqu'aux oreilles.

— Je vous ai manqué?

— Non, mentit-elle.

— Je suis rentré très tard, alors je n'ai pas voulu appeler pour ne pas vous effrayer encore.

— A vous entendre, on croirait que je suis une pauvre femme sans défense!

— Rassurez-vous, votre agressivité donne très bien le change. En revanche, l'autre soir, je m'en suis voulu de vous avoir fait peur.

— Je redoutais qu'il s'agisse d'un appel de l'hôpital.

— Je l'ai compris trop tard, hélas. Je ne recommencerai pas, je vous le promets.

— Si je sais que c'est vous, cela ne me dérange pas.

— Dans ce cas, fixons une heure. Je vous appellerai tous les soirs à 10 heures, d'accord?

— Cela ne risque pas de vous empêcher de sortir ?

— Vous négligez cette invention miraculeuse qu'est le téléphone portable. Je suppose que vous en avez un.

— Oui. Il ne me quitte pas.

— Dans ce cas, n'hésitez pas à m'appeler en cas d'insomnie.

Hormis en cas d'urgence, Gabrielle se voyait mal appeler Adam, mais elle s'abstint de le préciser.

Peu après avoir traversé un hameau, la voiture s'engagea dans une longue allée sinueuse qui déboucha sur un manoir dont la vue arracha une exclamation admirative à Gabrielle. La façade classique contrastait avec le toit où un clocher arrondi dominait une rangée de pignons décoratifs qui se découpaient en ligne brisée sur le ciel. Les murs se composaient d'un mélange de briques et de colombages qui donnaient à l'ensemble un charme auquel la jeune femme fut particulièrement sensible.

— Quelle maison magnifique ! murmura-t-elle.

— D'après Mlle Scudamore, l'investisseur a dû accomplir des miracles pour se conformer aux exigences de l'architecte des monuments historiques tout en se pliant aux normes de confort et de sécurité actuelles.

— Cela n'ennuie pas cette dame de partager sa maison ?

— Elle était prête à tout pour ne pas la quitter.

— Je la comprends. C'est une merveille, mais c'est bien trop grand pour une vieille dame seule. Rien que l'entretien doit coûter une fortune.

— C'est précisément pour cette raison qu'elle a accepté la proposition de l'investisseur. Allons-y, maintenant. Notre hôtesse doit s'impatienter.

— Vous auriez dû me prévenir. J'aurais apporté des fleurs ou une boîte de chocolats.

— Vous n'aurez qu'à lui donner ceci, dit Adam en s'emparant d'un paquet sur la banquette arrière. Mlle Scudamore raffole du sherry.

— Etes-vous toujours aussi organisé ?

54

Adam lui décocha un sourire lumineux.

— Toujours. Suivez-moi, maintenant.

Une femme à l'allure austère les introduisit dans le hall.

— Je suis Mme Palmer, la gouvernante de l'établissement. Mlle Scudamore vous attend.

Elle les fit signer le livre réservé aux visiteurs puis leur désigna un escalier qui menait au premier étage.

Peu après, Adam frappait à la porte de Mlle Scudamore. Très élégante dans un corsage de soie mauve qu'ornait un grand sautoir de perles fines, Henrietta Scudamore les accueillit avec chaleur.

— Entrez, jeune homme, et présentez-moi votre amie.

Adam baisa la main qu'elle lui tendait avec grâce puis effectua les présentations.

— Votre invitation me touche beaucoup, mademoiselle, déclara Gabrielle en donnant le paquet.

— Merci, ma chère. On m'offre si peu de cadeaux maintenant. Venez dans le salon et dites-moi ce que vous pensez de la vue.

Impériale, Henrietta Scudamore les précéda dans une grande pièce lumineuse dont les murs couverts de tableaux éveillèrent la curiosité de Gabrielle.

Leur hôtesse leur indiqua un canapé avant de prendre place dans un fauteuil situé près d'une fenêtre.

— On m'a incitée à prendre un appartement au rez-de-chaussée à cause de mon arthrite à la hanche, mais j'ai refusé. Puisqu'on a installé des ascenseurs, je ne vois pas pourquoi je ne profiterais pas de la plus belle partie de la maison.

Adam attira Gabrielle vers une fenêtre qui donnait sur un vaste bassin dans lequel le ciel se réfléchissait.

— Vous avez de la chance de bénéficier de plusieurs points de vue sur le jardin.

— En effet. Je ne me lasse pas de les admirer.

Gabrielle fut frappée par la nuance violette, à la fois unique et si familière, des yeux de Mlle Scudamore.

— Gabrielle s'occupe de restaurer le tableau dont je vous ai parlé, expliqua Adam à la vieille dame.

— Ah, le fameux tableau !

Ne parvenant pas à défaire le nœud fort serré du paquet, Mlle Scudamore le tendit à Adam.

— Ouvrez-le pour moi, Adam, s'il vous plaît.

— Avec joie, Henrietta.

Cet échange fit sourire Gabrielle. Fallait-il s'étonner qu'ils s'appellent déjà par leurs prénoms alors qu'Adam traitait la vieille dame comme s'il s'agissait d'une jeune femme au faîte de sa beauté ? D'ailleurs, l'aisance avec laquelle Henrietta répondait à ses attentions prouvait qu'elle n'avait pas manqué d'admirateurs masculins, autrefois.

Otant le papier, Adam présenta la bouteille à leur hôtesse.

— De l'extra dry ! Je suis vraiment gâtée. Merci, mon cher. Ici on ne nous sert que des jus de fruits, alors cachez-le vite dans ce placard, là-bas. A côté du whisky, précisa-t-elle d'un air espiègle.

Quand Mme Palmer vint peu après avec un plateau, Henrietta la remercia.

— Mlle Brett servira, dit-elle avec un large sourire pour signifier son congé à la gouvernante.

Dès que la porte se referma, Henrietta poussa un soupir de soulagement.

— C'est une femme remarquable, mais tellement collet monté !

Adam s'assit dans le canapé à côté de Gabrielle.

— Cette description n'a jamais dû s'appliquer à vous, j'ai l'impression, déclara-t-il en riant.

— Certes non ! J'étais la reine du comté dans ma jeunesse. Remarquez, pour le bonheur que cela m'a apporté... Les femmes de ma famille ont rarement été heureuses en amour. Enfin... c'est une longue histoire.

— Que j'aimerais beaucoup entendre, dit Gabrielle en tendant une tasse à la vieille dame.

— Si vous revenez me voir, je vous la raconterai. C'est du chantage, je sais, mais j'adore recevoir des visites.

Mlle Scudamore leur offrit des scones et des sandwichs, mais se contenta de grignoter. Lorsqu'ils eurent terminé, elle considéra Adam en souriant.

— Votre patience va enfin être récompensée, mon cher. Approchez donc de la bibliothèque et prenez le registre qui se trouve sur l'étagère du haut.

Adam s'empara avec précaution d'un magnifique volume de cuir relié.

— Je devrais porter des gants pour ne pas l'abîmer.

— Il n'est pas si précieux que ça, rassurez-vous. Il s'agit seulement de la comptabilité de la maison.

Mlle Scudamore esquissa une moue sereine.

— J'ai vendu la majeure partie du mobilier, mais j'ai gardé quelques petites choses pour moi. Des tableaux, quelques meubles, de la vaisselle et de l'argenterie ainsi que tous les documents concernant la propriété. Après ma mort, ils iront à un musée de la région, car je ne me suis pas senti le cœur de mettre les archives familiales aux enchères.

Adam tourna avec précaution les pages couvertes d'une écriture fine et régulière qui retraçait dans les moindres détails la vie quotidienne au Manoir de Pembridge, un siècle auparavant.

— J'ai mis du temps à retrouver ce que vous vouliez, mais allez directement à la fin de l'année 1821.

Gabrielle se pencha par-dessus l'épaule de son compagnon pour parcourir les pages en même temps que lui. Chaque dépense était scrupuleusement notée. Au milieu des achats courants figuraient un nouvel équipage pour le maître des lieux, des mètres de soie pour les dames, un pur-sang arabe pour l'héritier. Elle retint son souffle en apercevant une ligne signalant le paiement de M. Singleton pour le double portrait de Laetitia et Henrietta.

Les yeux brillant d'excitation, Adam leva vivement la tête pour dévisager Mlle Scudamore.

— Est-ce bien ce que vous cherchiez ? s'enquit-elle d'un air malicieux.

Adam répondit par un sourire triomphant.

— Certes ! Vous allez faire un beau bénéfice, Henrietta.

— Un bénéfice, moi ? Il n'en est pas question.

Gabrielle fronça les sourcils avec étonnement.

— Il s'agit d'un authentique Singleton, mademoiselle, nous en sommes certains à présent. Adam peut le vendre plusieurs dizaines de milliers de livres.

— Ma chère enfant, ce tableau appartient à Adam, pas à moi. D'ailleurs, ma famille a toujours cru qu'il avait été détruit peu après avoir été terminé. Puisque Adam a su le repérer malgré la poussière qui le recouvrait, c'est à lui d'en retirer tout le bénéfice.

— Mais... je ne peux pas ! s'exclama ce dernier.

— Bien sûr que si ! Je suis certaine que vous ferez bon usage de cet argent. Il est fort possible, d'ailleurs, que cela ne vous rapporte pas grand-chose. Je n'ai jamais entendu parler de ce Singleton.

— Il est très connu dans les milieux artistiques. Quand Gabrielle aura terminé sa restauration, j'en obtiendrai un bon prix.

— Dans ce cas, gardez-le et rémunérez cette jeune personne comme elle le mérite.

Une étincelle s'alluma dans les prunelles de la vieille dame.

— A moins que vous ne travailliez pour les beaux yeux d'Adam, Gabrielle ?

La jeune femme se mit à rire.

— Certes non ! Je lui demande le prix fort.

— Vous avez bien raison.

Henrietta esquissa un geste en direction d'Adam.

— Vous avez été trop poli pour me le demander hier, mais j'ai bien vu que vous mouriez d'envie d'examiner mes tableaux de plus près. Maintenant que j'ai deux experts sous la main, je serais ravie que vous me donniez votre avis.

58

Adam et Gabrielle obéirent sans se faire prier. Il y avait là deux aquarelles de John Piper, une scène d'intérieur de Sickert, une nature morte d'un Italien et, à la place d'honneur, au-dessus de la cheminée, le portrait très dénudé d'une jeune fille peinte par lord Leighton.

— Ils sont magnifiques, murmura Adam. Hier, j'avais envie de me précipiter comme un enfant sur des friandises, mais je n'ai pas osé.

— Quand vous m'avez révélé votre profession, j'ai jugé que vous faisiez preuve d'une retenue admirable, commenta la vieille dame avec un sourire. Mais comme vous m'avez demandé de revenir avec Gabrielle, j'ai décidé de réserver le meilleur pour aujourd'hui. Maintenant que nous avons un chaperon, je peux vous emmener dans ma chambre sans risquer de choquer cette pauvre Mme Palmer. Si vous voulez bien me suivre...

La chambre était plus petite que le salon et des dizaines de photos encadrées recouvraient toutes les surfaces possibles. Mais Adam et Gabrielle n'eurent d'yeux que pour l'immense portrait qui faisait face au lit.

— Mon homonyme, déclara leur hôtesse avec emphase. Henrietta Scudamore, peinte par Thomas Lawrence, un an avant la date où fut exécuté le portrait que vous avez acheté, Adam.

5

Le portrait était saisissant. Non seulement parce que Henrietta était belle, mais à cause de la qualité exceptionnelle de la peinture. L'extraordinaire maîtrise de Lawrence se reconnaissait dans l'éclat du teint, le violet lumineux du regard, le lustre des cheveux de jais, le chatoiement des soieries.

— Je suis surpris qu'on vous autorise à garder un tableau de cette valeur ici, déclara Adam. La direction doit craindre les voleurs.

— Oh, Pembridge ressemble à Fort Knox, vous savez ! Personne ne peut entrer ou sortir sans qu'une ribambelle d'alarmes ne se déclenchent. J'ai d'ailleurs failli devenir folle quand on a testé le système.

La vieille dame contempla le portrait avec tendresse.

— Et puis, j'ai passé toute ma vie avec Henrietta. Pourquoi l'enfermer dans un coffre-fort alors qu'elle me tient compagnie depuis toujours ?

— Je vous comprends, approuva Gabrielle. C'est un bonheur de pouvoir profiter sans entraves d'une telle merveille.

— Vous voyez pourquoi votre trouvaille ne m'intéresse pas, Adam. Cela m'amusera de connaître le prix que vous en tirerez, mais j'ai plus d'argent qu'il ne m'en faut pour vivre dans l'aisance jusqu'à la fin de mes jours. Et si jamais je suis dans le besoin, je peux toujours vendre un de mes autres tableaux. La nature morte ne vaut pas grand-chose, je pense, mais je devrais tirer un bon prix du Sickert, du Piper et surtout du Leighton. Le sujet est très osé pour l'époque victorienne.

Mlle Scudamore ajouta en pouffant :

— Pour la nôtre aussi, d'ailleurs. Mme Palmer détourne les yeux chaque fois qu'elle entre dans la pièce.

Tous trois riaient encore quand ils regagnèrent le salon. Mais lorsque Adam suggéra de partir, Henrietta insista pour qu'ils restent encore.

— Vous êtes sûre que cela ne vous fatigue pas ? demanda Gabrielle.

— Pas le moins du monde. Et puis, je suppose que vous avez envie d'entendre l'histoire d'Henrietta.

— C'est peu dire, admit Adam. Nous aimerions savoir pourquoi Laetitia a été effacée avec autant de hargne.

— Dans ce cas, allez chercher le sherry, Adam, et servez-nous un verre avant que je ne commence.

Comme l'avait pressenti Gabrielle, l'histoire d'Henrietta était triste. Lorsqu'elle s'était fiancée au fils d'un baronet voisin, ses parents avaient voulu, pour célébrer dignement l'événement, commander un autre portrait que celui exécuté par Lawrence. Effaré par les dépenses engendrées par les préparatifs du mariage, le père de la jeune femme avait fait appel à Singleton par souci d'économie, en demandant qu'il peigne également Laetitia dont il voulait faire exécuter le portrait. Benjamin Wallis, le fiancé, assistait aux séances de pose des deux sœurs.

— L'amour qu'Henrietta porte à son fiancé se lit sur son visage, observa Adam. Elle était manifestement très éprise.

— Malheureusement pour elle ! observa Mlle Scudamore. La peinture était à peine sèche que Benjamin s'est enfui avec Laetitia. La légende familiale prétend qu'Henrietta est devenue une vieille fille aigrie. Elle a continué à vivre au Manoir de Pembridge lorsque son frère en a hérité, mais elle est morte relativement jeune.

— Parce qu'elle avait le cœur brisé? demanda Gabrielle.

— Non, d'une très prosaïque pneumonie.

— Qu'est devenue sa sœur? s'enquit Adam.

— Elle a été justement châtiée, diraient certains. Son père l'a privée de dot en lui interdisant de remettre les pieds au manoir. Ensuite, elle a donné une ribambelle d'enfants à Benjamin, perdu sa beauté et a pris tellement d'embonpoint que son mari s'est tourné vers d'autres femmes. Sans compter qu'il s'est mis à jouer avec une telle frénésie qu'il a perdu toute sa fortune.

— Henrietta l'a échappé belle! fit remarquer Gabrielle. Je suppose que c'est elle qui a recouvert le visage de sa sœur.

— Sans aucun doute. Elle était peintre amateur et avait tout ce qu'il lui fallait sous la main. Elle a dû maudire Laetitia en badigeonnant la toile de coups de pinceau rageurs avant de la cacher dans le grenier.

Enthousiasmée par cette visite, Gabrielle perdit ses dernières réserves à l'égard d'Adam. Sur le chemin du retour, elle ne tarit pas d'éloges sur les tableaux et surtout sur la gentillesse et l'humour rafraîchissants de la vieille dame.

— En bref, vous avez apprécié Henrietta, commenta Adam avec un petit sourire satisfait.

— J'ai aussi aimé le déjeuner et la région. C'est tellement agréable de prendre le temps de profiter du paysage. La plupart des gens conduisent trop vite.

— Y compris l'amoureux du bitume?

— Jeremy est adorable. Ne vous moquez pas de lui!

Au lieu de répondre, Adam jeta un coup d'œil à sa montre.

— Je vais vous déposer à l'hôpital. J'attendrai pendant que vous allez voir votre père et ensuite, je vous ramènerai chez vous.

— J'ai déjà assez abusé de votre temps.

— Si cela peut soulager votre conscience, je serais ravi de passer un moment avec Harry, sauf si cela vous ennuie de le partager avec moi.

Pour toute réponse, Gabrielle sourit. Et, pour la première fois, elle n'éprouva pas une once de jalousie quand Harry accueillit Adam à bras ouverts. Ils bavardèrent tous les trois pendant un moment, puis Adam s'éclipsa pour laisser le père et la fille en tête à tête.

— Tu t'entends bien avec Adam, maintenant.

— Je l'apprécie beaucoup plus que je ne l'aurais cru.

— Vous avez beaucoup de choses en commun.

Peu désireuse d'approfondir la question, Gabrielle changea de sujet.

— Quand quittes-tu l'hôpital ?

— Mercredi. Laura viendra me chercher dans l'après-midi. Nous passerons la nuit à Hayward et partirons pour le pays de Galles le lendemain. J'espère que tout se passera bien, mais je suis un peu inquiet, pour être honnête.

Lorsque Gabrielle rejoignit Adam, quelques minutes plus tard, il remarqua aussitôt sa mine préoccupée.

— Vous avez l'air soucieux.

— Mon père éprouve une certaine appréhension à l'idée de partir seul avec ma mère. Comme le but de sa convalescence est justement de lui épargner tout souci, cela m'ennuie.

Adam réprima un sourire.

— Personne ne les oblige à partir ensemble, Gabrielle. Ils savent très bien ce qu'ils font, à mon avis.

Consciente d'exagérer le problème, Gabrielle se mit à rire.

— Vous avez raison. Je m'inquiète inutilement. D'autant que ma mère partage la plupart des intérêts de mon père et qu'elle cuisine merveilleusement.

— Dans ce cas, oublions vos parents et pensons un peu à nous. Etes-vous pressée de rentrer chez vous ?

— Pas particulièrement.

— Dans ce cas que diriez-vous de dîner à Friars Wood avec moi ? Nous improviserons un casse-croûte.

Surprise, Gabrielle le contempla sans rien dire.

— N'attendez pas demain pour me donner votre réponse, lança Adam avec humour.

Les joues de Gabrielle s'enflammèrent.

— Cela me ferait très plaisir, dit-elle enfin.

Friars Wood était plus éloigné de Pennington que Gabrielle le croyait. Lorsque Adam s'engagea dans l'allée qui menait chez lui, elle lui lança d'un ton moqueur :

— Quand vous m'avez dit que vous passiez dans le coin, l'autre soir, vous avez menti.

Adam ne chercha pas à nier.

— Je voulais vous voir.

— Pour me convaincre de restaurer le tableau ?

— Entre autres.

Sur cette réplique énigmatique, Adam se gara devant une grande demeure. La grâce et l'élégance de l'architecture, le charme de la pierre grise, les innombrables fenêtres à petits carreaux qui reflétaient la lumière du soir séduisirent immédiatement Gabrielle. Une immense glycine courait sur la façade et s'enroulait autour d'une large véranda qui servait d'appui au balcon du premier étage.

— De quelle époque date la maison ? s'enquit Gabrielle.

— Du siècle dernier. Venez, je vais vous faire faire le tour du domaine de mes parents avant de vous emmener dans mes quartiers.

Les pièces du bâtiment principal étaient spacieuses et lumineuses. Il y régnait cette atmosphère chaleureuse propre aux maisons de famille. La décoration était raffinée sans ostentation et les meubles reflétaient le goût sans faille d'une lignée d'esthètes.

— Vous devez être très attaché à cette maison, remarqua Gabrielle.

— Je le suis, mais parfois j'ai l'impression qu'elle pèse très lourd sur mes épaules.

— Pourquoi ça?

— Parce que je serai obligé de l'entretenir un jour et que cela représente une énorme charge.

La visite terminée, Adam entraîna la jeune femme vers les anciennes écuries.

— La décoration est très différente chez moi, je vous préviens.

Le mot était faible. Après les teintes claires et douces de la maison de maître, le choix d'Adam offrait un contraste total. Les couleurs primaires dominaient, ocre jaune dans la cuisine, bleu gris dans l'entrée, vert Véronèse dans la salle à manger. Seul le salon était plus sobre, de couleur crème. L'ensemble reflétait la personnalité audacieuse du propriétaire et dénotait, là encore, un goût très sûr. Loin de heurter Gabrielle, la décoration des lieux l'enthousiasma. Les meubles, tous somptueux et manifestement chinés çà et là, mêlaient le classicisme à l'originalité avec un rare bonheur.

Adam désigna l'escalier.

— La salle de bains est en haut, si vous voulez vous rafraîchir.

Gabrielle accepta volontiers. En sortant de la salle de bains, elle ne put résister à l'envie de jeter un coup d'œil dans la chambre de son hôte. Un jaune lumineux recouvrait les murs de la pièce dont le décor dépouillé mettait en valeur une magnifique structure de lit en cuivre.

Quand elle rejoignit Adam, il esquissa un petit sourire.

— Alors, que pensez-vous de ma retraite?

— Je suis très impressionnée. Je me suis permis de jeter un coup d'œil dans votre chambre. Le lit est superbe.

— Cela fait partie de mon butin, comme le reste. Vous avez faim?

— Pas trop. Un sandwich m'ira très bien.

— Tant mieux, parce que mes talents culinaires sont limités. Que voulez-vous dans votre sandwich?

— Je vous laisse choisir.

Adam s'activa avec une surprenante économie de mouvements. En un temps record, il prépara une assiette de sandwichs fort appétissants qu'il déposa sur la table de la cuisine. Dès la première bouchée, Gabrielle s'exclama :

— Je n'aurais jamais pensé à marier le jambon de Parme et l'avocat. C'est plutôt raffiné pour un dîner improvisé.

— Pour être franc, j'ai pris mes dispositions hier.

Cet aveu ne surprit pas Gabrielle outre mesure. Adam était décidément quelqu'un de très organisé. Si son métier dépendait en grande partie des aléas de ses découvertes, pour le reste, il ne laissait rien au hasard.

— Vous avez le sens de la couleur, déclara-t-elle en s'emparant d'un autre sandwich. Vos choix sont osés, mais ils me plaisent beaucoup.

— Certaines personnes trouvent cela criard et de mauvais goût.

— Je ne partage pas leur avis. Entre toutes les pièces, c'est votre chambre que je préfère.

— Pourtant, la couleur est si intense qu'en la peignant, j'ai été pris de doute.

— Vous avez peint la chambre vous-même ?

Piqué au vif par le ton incrédule, Adam se raidit imperceptiblement.

— J'ai repeint toute la maison moi-même.

— Dans ce cas, je vous dois des excuses. Je n'aurais jamais cru que vous accepteriez de vous salir les mains dans ce genre de travaux.

— Vous semblez convaincue que je suis un play-boy doublé d'un bon à rien, mais ce genre de corvée ne m'effraie pas. J'ai beau appartenir à une famille aisée, j'ai travaillé dur pour m'assurer que je pourrai rester ici quand j'hériterai.

Son visage s'assombrit.

— Mes sœurs semblent persuadées que mes parents sont immortels. J'espère qu'ils resteront encore longtemps avec nous, mais il faut bien envisager l'avenir.

— Je vous ai mal jugé, Adam. J'espère que vous me pardonnez.

Il plongea les yeux dans les siens.

— Si nous repartions de zéro ?

— Je croyais que c'était déjà le cas.

Adam sourit.

— Que ferez-vous quand vous aurez terminé la restauration d'Henrietta et de sa vilaine sœur ? Vous retournerez à Londres ?

— Vous n'êtes pas le seul client de mon père. Quand j'aurai fini votre tableau, je m'attaquerai aux autres.

— Combien de temps comptez-vous encore rester ?

— J'attendrai que mon père soit complètement remis.

— Cela risque de vous coûter votre poste à Londres, non ?

— J'ai démissionné. La crise cardiaque de mon père m'a servi de prétexte, mais il était temps que je tire ma révérence. Il est possible que je m'installe à mon compte ou que je m'associe avec mon père. J'ai de nombreux contacts grâce à Jeremy. Je suppose qu'il me confiera tous ses travaux sans passer par l'intermédiaire de l'atelier qui m'employait.

— Vous supposez ? Dois-je comprendre que vous n'en avez pas encore discuté avec lui ?

— Pas encore, non. Il est en voyage aux Etats-Unis. Il doit rentrer cette semaine.

— Et va sans doute accourir pour vous voir.

— A mon avis, il espère plutôt l'inverse.

— Dans ce cas, il n'est pas très malin, murmura Adam en se levant. Du café ?

— Volontiers, mais il ne faut pas que je m'attarde.

— Vous vous sentez fatiguée ?

— Non, mais je préfère rentrer avant la nuit.

— Dans ce cas, je vais vous raccompagner tout de suite et vous m'offrirez le café.

Gabrielle décocha un sourire taquin à Adam.

— Je parie que vous êtes inquiet à l'idée qu'on puisse

voler votre précieuse Henrietta. Vous êtes amoureux d'elle, avouez!

Adam se mit à rire.

— Adorer de loin est encore la meilleure façon de vivre une relation sentimentale.

— La trahison de Della vous resterait-elle sur le cœur?

— Della? Pas le moins du monde! Je n'ai pas pensé à elle une seule fois depuis que j'ai acheté le tableau... et que je vous ai rencontrée.

Cette dernière précision plongea Gabrielle dans une profonde méditation tout le long du trajet menant de Friars Wood à Hayward.

Le crépuscule commençait à peine à tomber quand ils arrivèrent, cependant il faisait déjà très sombre à l'intérieur de la maison et l'atmosphère était franchement lugubre.

— J'allume toujours toutes les lumières, le soir, expliqua Gabrielle. Laissez-moi cinq minutes et je vous rejoins.

— Je vous accompagne.

— Faites attention aux poutres! Certaines sont très basses.

Ils commencèrent par le rez-de-chaussée puis se rendirent à l'étage. Lorsqu'ils regagnèrent la cuisine, les marches grincèrent sous le poids d'Adam. Comme par un fait exprès, d'autres craquements se firent entendre.

— Ce sont ces bruits qui vous empêchent de dormir?

— Oui.

— J'avoue que c'est impressionnant. L'âge de la maison y est pour beaucoup, je suppose.

— Sûrement. Le seul endroit où je me sente à l'aise est la cuisine. Maintenant que mon père a vendu les meubles, les autres pièces sont sinistres. Je ne comprends pas comment il supporte cette ambiance.

— Il doit être habitué. Il m'a dit un jour qu'il avait été élevé ici.

— En effet, sa tante Charlotte l'a recueilli quand ses parents se sont noyés.

— Un accident de bateau?

— Non. Ma grand-mère a eu une crampe en nageant. Mon grand-père a tenté de la ramener sans succès. Ni l'un ni l'autre n'ont survécu.

— Où était votre père?

— Ici, avec sa tante.

Gabrielle s'assit en se forçant à sourire.

— Dieu merci, je ne serai plus seule trop longtemps. Et puis, j'allume la radio pour ne pas entendre les bruits.

— Vous avez des piles au cas où il y aurait une panne d'électricité?

— Non, je n'avais pas envisagé cette éventualité. J'en achèterai demain.

— Vous avez une lampe torche?

— Et des bougies en quantité, mais merci de vous préoccuper de mon bien-être.

— Contrairement à ce que vous semblez croire, je peux être gentil.

— Je sais.

Gabrielle le considéra d'un air pensif. Après une courte hésitation, elle posa la question qui lui brûlait les lèvres.

— Pourquoi n'êtes-vous pas encore marié, Adam? Les occasions ne doivent pas vous manquer, je suppose?

— Je vous retourne la question, mademoiselle Brett. Il a dû y avoir quelques hommes dans votre vie avant Jeremy.

— Un ou deux...

— Au moins!

— Vous dites ça parce que j'ai trente ans?

— Parce que vous êtes une femme séduisante et intelligente. Vous n'avez jamais songé à vous marier?

— Non.

— Pourquoi ça?

— L'exemple de mes parents ne m'y encourage guère. Leur divorce m'a beaucoup marquée. Et vous, quelle est votre excuse?

Adam se rejeta contre son dossier en croisant les mains derrière la tête.

— Je n'ai pas les moyens de me marier. Pour le moment, du moins.

Gabrielle laissa échapper un rire incrédule.

— Vous avez une maison magnifique, le vent en poupe sur le plan professionnel et la stabilité financière. Que vous faut-il de plus ?

— Quelqu'un avec qui j'aie envie de vivre le restant de mes jours, peut-être ? Ce détail mis à part, je mets tout ce que je gagne de côté.

— Est-il indiscret de demander pourquoi ?

— Pas du tout. Quand Friars Wood me reviendra, j'ai l'intention de dédommager chacune de mes sœurs. Telles que je les connais, elles ne me réclameront rien, mais par souci d'équité, je tiens à ce qu'elles touchent une compensation financière. Kate et Jessica n'en ont pas besoin, leurs maris ont des situations très confortables. En revanche, cela faciliterait la vie de Caroline, même si elle ne l'admettra jamais.

— Et votre quatrième sœur ?

— Fanny ? En fait, il s'agit d'une cousine, mais nous la considérons comme une sœur parce que ma mère l'a élevée depuis sa naissance. Sa mère lui a laissé un très bel héritage, alors elle ne manquera de rien.

— Le portrait devrait vous aider à arrondir vos économies.

— Je l'espère bien.

Adam termina son café et repoussa sa chaise.

— Il est temps que j'y aille. Merci de m'avoir tenu compagnie, aujourd'hui.

Le rire cristallin de Gabrielle s'éleva dans la pièce.

— N'inversez pas les rôles. C'est moi qui vous remercie. Je n'aurais manqué cette rencontre avec Henrietta pour rien au monde.

Son sourire s'effaça quand elle croisa le regard sombre qui la fixait.

— Vous m'avez enfin pardonné? demanda-t-il soudain.

— A quel sujet?

Adam lui prit les mains.

— Mes péchés sont-ils si nombreux que vous deviez poser la question? Je pensais à mes mauvaises manières d'adolescent.

— Disons plutôt que je ne vous intéressais pas.

Adam raffermit sa pression sur la main de la jeune femme. Ses doigts étaient fermes, chauds et doux, très doux...

— Je suis très intéressé maintenant.

— Par quoi? Ma personne ou mes talents de restauratrice?

— Les deux.

Le regard d'Adam se fit plus intense encore.

— Si nous oubliions le passé pour nous attacher exclusivement au présent?

Et avant que Gabrielle puisse deviner son intention, il prit possession de ses lèvres dans un baiser fougueux.

— Je rêve de ce baiser depuis ce matin, chuchota-t-il. Non, depuis le premier jour, rectifia-t-il aussitôt.

Là-dessus, il l'embrassa de nouveau. Lorsque leurs lèvres se séparèrent après un long, très long moment, Adam souleva le menton de Gabrielle.

— Pas d'objections?

Gabrielle sourit.

— Aucune. Nous sommes deux adultes libres et consentants et nous ne faisons de mal à personne.

Un feu brûlant embrasait les prunelles d'Adam. Il s'empara de nouveau de la bouche de la jeune femme, mais cette fois avec une lenteur qui décupla la sensualité de leur étreinte.

— Il vaut mieux que je parte tant que je le peux encore, murmura-t-il d'une voix rauque.

Tentée de le supplier de rester, Gabrielle se ravisa. Il était encore trop tôt.

— Bonne nuit, Adam, et merci encore.
— Pour tout?
Leurs yeux se croisèrent.
— Pour tout.
Il lui effleura la joue d'une caresse.
— Bonne nuit, Gabrielle. A demain.

6.

Après une nuit courte et agitée, Gabrielle se leva aux aurores pour être à pied d'œuvre de bonne heure.

Elle préparait le petit déjeuner quand on frappa à la porte. Etonnée par cette visite matinale alors qu'il restait une bonne demi-heure avant l'arrivée de Wayne et Eddie, elle alla ouvrir avec une pointe de méfiance.

Adam se tenait sur le pas de la porte, les cheveux ébouriffés, un irrésistible sourire aux lèvres. Il tendit un minuscule paquet à la jeune femme.

— Bonjour, Gabrielle. Je vous ai apporté un cadeau.

Les joues roses de plaisir, Gabrielle s'empara du paquet et poussa un petit cri de surprise en découvrant des piles.

— Merci, Adam. C'est adorable de votre part. Figurez-vous que j'ai à peine fermé l'œil tellement j'avais peur que la radio s'éteigne s'il y avait une panne de courant. Comment avez-vous deviné quel type de piles il fallait ?

— J'ai jeté un coup d'œil à votre poste pendant notre visite, hier soir.

— Vous voulez prendre une tasse de café ?

— Si vous me proposez des toasts avec, volontiers.

— Que diriez-vous d'œufs brouillés sur vos toasts ?

— Je ne résiste pas à cette tentation.

Quelques jours auparavant, Gabrielle n'aurait jamais

voulu croire qu'elle pourrait apprécier de prendre le petit déjeuner en compagnie d'Adam Dysart. Pourtant, ce fut le cas.

Comme de bien entendu, leur conversation porta sur le tableau.

— S'il a vraiment de la valeur, je ne devrais pas le restaurer, déclara Gabrielle. Le simple fait d'enlever le vernis peut l'endommager.

— Je ne peux pas le vendre dans l'état où il est. Par ailleurs, il ne s'agit tout de même pas d'un Turner.

Il y eut un court silence puis Gabrielle reprit :

— Vous avez fait un énorme détour pour m'apporter ces piles. Cela ne va pas vous retarder ?

Un large sourire se dessina sur le visage d'Adam.

— L'avantage d'être l'héritier de la dynastie Dysart est que quelqu'un d'autre se charge d'ouvrir la salle des ventes à ma place.

La mine choquée de Gabrielle provoqua l'hilarité d'Adam.

— Je plaisantais ! D'ordinaire, je suis le premier sur place, mais aujourd'hui, vos piles passaient en priorité. Moi aussi, j'ai mal dormi en me demandant ce que vous feriez s'il y avait une panne.

— J'aurais allumé des bougies.

— Vous oubliez que sans électricité, l'alarme et les témoins lumineux ne fonctionnent pas.

— Mon Dieu ! Encore une chose que je n'avais pas envisagée.

En voyant pâlir Gabrielle, Adam lâcha un juron.

— Quel idiot je fais ! Qu'est-ce qui me prend de mentionner tous les imprévus qui peuvent survenir dans une vieille maison ?

Gabrielle lui sourit bravement.

— Il vaut mieux regarder la réalité en face.

Les yeux rivés sur elle, Adam lui prit la main et lui caressa lentement le creux de la paume. Pour cacher son trouble, Gabrielle murmura précipitamment :

74

— J'ai failli vous appeler, hier soir. J'ai eu l'impression d'entendre quelque chose.

Adam la fixa d'un œil perçant.

— A l'intérieur ?

— Non, dehors. Il s'agissait sans doute d'un renard ou d'un blaireau.

Adam raffermit sa pression sur sa main.

— Ma proposition de dormir sur le canapé tient toujours.

— Gabrielle ? On peut avoir les clés ? demanda soudain Wayne qui se tenait sur le seuil, le visage cramoisi.

Adam libéra Gabrielle sans hâte.

— Bonjour, Wayne, s'exclama-t-il.

— Excuse-moi, dit Gabrielle. Je suis un peu en retard, ce matin. Tiens, voilà le trousseau : ouvre avec Eddie, je vous rejoins tout de suite.

— Désolé de vous avoir dérangés.

Comme Wayne filait sans demander son reste, Gabrielle et Adam partirent d'un grand éclat de rire.

— Ma réputation est fichue ! plaisanta-t-elle. Heureusement qu'il ne s'agissait pas de Mme Prince. La pauvre aurait eu une attaque. Mais jamais Wayne et Eddie ne voudront croire que nous n'avons partagé que le petit déjeuner.

— Dommage !

— Comment ça, dommage ?

— Tant qu'à faire, nous aurions dû passer la nuit ensemble puisque de toute façon ils seront persuadés que c'est le cas. Ce sera pour bientôt, j'espère...

Sur cette promesse murmurée d'une voix ardente, Adam la quitta.

Le cœur de Gabrielle battait encore à tout rompre lorsqu'elle se mit au travail. Durant l'heure qui suivit, on aurait pu entendre voler une mouche dans la grange. A la fin, elle ôta son masque d'un geste exaspéré et fit signe à ses assistants d'approcher.

— Vous m'avez surprise en train de prendre le petit

déjeuner avec Adam, mais n'en tirez pas de conclusion hâtive. Il s'est juste contenté d'apporter des piles pour ma radio.

L'explication avait beau être juste, elle paraissait si boiteuse que Gabrielle regretta son initiative.

— Puisque tu le dis, marmonna Eddie sans conviction.

— Je laisse la radio allumée la nuit parce que je ne suis pas habituée à être seule dans une si grande maison, reprit-elle. Adam m'a fait remarquer hier que s'il y avait une panne d'électricité, elle ne me serait plus d'une grande utilité. Et comme je n'avais pas de piles...

Elle laissa sa phrase en suspens.

— Tu n'es pas d'une nature anxieuse, pourtant, fit observer Wayne.

— Je suis habituée à un petit appartement en plein Londres. Pas à une vieille maison isolée.

— Quand Harry revient-il? demanda Eddie.

— Mercredi, mais il repart en convalescence pour quinze jours le lendemain.

— Tu vas lui manquer quand tu repartiras, déclara Wayne.

— Je ne repars pas. Du moins, je ne retourne pas à l'atelier où je travaillais avant.

— A cause d'Adam?

Gabrielle lui donna une petite tape sur la joue pour le punir de son insolence.

— Non. Je voudrais aider mon père : il a trop à faire depuis le départ d'Alison.

Soulagée d'avoir éclairci les choses, Gabrielle reprit son travail. Enlever le vernis était une tâche ardue et pénible. Très vite, pourtant, son univers se réduisit à la minuscule fenêtre du cache qui recouvrait le tableau. En fin de journée, à force de se concentrer toujours sur le même point, sa vue commença à se brouiller et elle fut obligée d'arrêter.

Reposant le dernier tampon, elle s'étira en étouffant un bâillement.

— Tu as l'air épuisée, remarqua Wayne.

— C'est le cas, dit-elle en regardant sa montre. Seigneur! Il est si tard que ça! Vous devriez être partis depuis longtemps!

Une demi-heure plus tard, tout était rangé et la Harley avait disparu. Assise devant une tasse de café, Gabrielle se demandait pourquoi Adam n'était pas venu voir sa précieuse Henrietta. Et pourquoi son absence la démoralisait autant...

Après sa visite à son père, elle appela sa mère pour lui confirmer que Harry sortait bien deux jours plus tard.

— Je sais, dit Laura. J'ai joint le médecin aujourd'hui pour m'en assurer et lui demander quoi faire en cas d'urgence.

Vers 10 heures, Gabrielle s'apprêtait à monter quand le téléphone sonna.

En reconnaissant la voix grave d'Adam, elle sentit son pouls s'accélérer.

— Vous êtes couchée?

— Pas encore.

— J'ai dû partir en catastrophe pour Birmingham, aujourd'hui. Je viens juste de rentrer. Tout va bien?

Maintenant qu'elle l'entendait, oui.

— Très bien. Mon père se prépare à quitter l'hôpital.

— Je m'en réjouis pour lui, mais c'est à vous que je pensais en posant la question.

— C'est gentil. Ça va.

— J'ai beaucoup apprécié le petit déjeuner.

— Mes œufs brouillés sont réputés.

— C'est à votre compagnie que je faisais référence.

— Merci!

— Wayne a-t-il cessé de rougir?

Gabrielle éclata de rire.

— J'ai eu droit à un silence des plus réprobateur. Cela m'a tellement agacée que j'ai fini par leur expliquer que vous m'aviez apporté des piles.

— Et ils vous ont cru ?

— Sans doute pas, mais cela m'a libérée et permis de reprendre mon travail en toute sérénité. Ils sont adorables, vous savez.

— Et n'ont que deux ou trois ans de moins que vous. Si vous voulez mon avis, Wayne était jaloux.

— Cela m'étonnerait. Il a une petite amie ravissante.

— Ravissante peut-être, mais vous, vous êtes éblouissante. Il a un sérieux béguin pour vous, j'en suis certain.

— Il ne me voit jamais qu'en salopette avec un masque sur la tête. Il n'y a vraiment pas de quoi inspirer des fantasmes !

— Détrompez-vous ! Une femme aussi sexy que vous dans ce genre de tenue a de quoi affoler un homme, je suis bien placé pour le savoir.

Les joues de Gabrielle rosirent de plaisir.

— Merci.

— Je vous verrai demain, mais je ne pense pas venir pour le petit déjeuner, sauf si vous m'en suppliez, bien sûr.

— Surtout pas ! Mme Prince vient préparer la maison pour le retour de mon père. Telle que je la connais, elle sera sur le pied de guerre aux aurores.

En effet, Mme Prince arriva de très bonne heure. Gabrielle était déjà installée à sa table de travail quand Wayne et Eddie vinrent prendre leurs fonctions. Malgré cela, elle progressa moins vite que la veille car elle reçut la visite de plusieurs clients désireux de lui confier de nouvelles commandes. Le dernier venait de partir lorsque Mme Prince fit irruption dans la grange en déclarant d'un ton sévère que le déjeuner serait servi dix minutes plus tard. Renonçant à son habituel sandwich, Gabrielle laissa ses assistants pique-niquer au soleil pour faire honneur au râble de lapin à la moutarde préparé par Mme Prince.

A la fin du repas, Gabrielle déclara :

— C'était délicieux. Je me sens requinquée.

— Je pense bien! répliqua Mme Prince d'un air pincé. On ne peut fournir autant d'efforts sans prendre un vrai repas en milieu de journée. Vous êtes exactement comme votre père : une fois que vous êtes enfermée dans cette grange, le reste du monde n'existe plus.

L'après-midi fila à une vitesse vertigineuse. Soucieuse d'obtenir non seulement l'approbation d'Adam mais celle, plus critique encore, de son père, Gabrielle prit d'infinies précautions pour achever d'enlever le vernis.

Le lendemain, comme prévu, Laura ramena Harry. Au grand soulagement de la jeune femme, ses parents semblaient entretenir d'excellentes relations que l'ambiance détendue du dîner confirma.

Par délicatesse, Adam avait prévenu Gabrielle qu'il ne passerait pas afin de la laisser en famille. Gabrielle se réjouit de profiter de ses deux parents en même temps, mais l'absence d'Adam lui pesa plus qu'elle ne voulut se l'avouer.

Lorsque Harry se retira dans sa chambre, Laura but une tasse de thé avec sa fille dans la cuisine. Aussi petite et brune que sa fille et son ex-mari étaient grands et roux, elle possédait un charme piquant et une personnalité très affirmée.

— Tu as l'air fatiguée, ma chérie.

— Je ne dors pas très bien depuis que je suis seule, avoua Gabrielle.

Laura réprima un frisson.

— Ça ne m'étonne pas. J'ai toujours détesté cette maison.

— Ah bon? Pour quelle raison?

— A cause de tante Charlotte. Elle me haïssait, tu ne le savais pas?

Gabrielle ouvrit des yeux ronds.

— Non! Première nouvelle!

— Cette vieille harpie n'a jamais pu me supporter. Elle me prenait pour une sorte de Jézabel, une Londonienne peinturlurée qui n'arrivait pas à la cheville de son cher Harry. Lorsque nous nous sommes mariés en catastrophe parce que j'étais enceinte, cela n'a guère amélioré mon image.

— Papa était au courant?

— Il n'a jamais voulu me croire, d'autant que Charlotte cachait bien son jeu. En sa présence, elle était tout miel, mais, derrière son dos, elle m'abreuvait de remarques mesquines. Au bout du compte, elle a gagné. Elle a entrepris d'apitoyer ton père sur son grand âge et l'a supplié de s'installer ici. Comme il était très attaché à elle et qu'à l'époque nous tirions le diable par la queue, il a sauté sur l'occasion, persuadé que cela résoudrait nos problèmes financiers. Nous avions à peine vendu notre maison de Pennington, que Charlotte m'a déclaré sans ambages qu'elle ne voulait pas de moi chez elle et que je pouvais repartir pour Londres.

Gabrielle n'en crut pas ses oreilles.

— Ne me dis pas que tante Charlotte est à l'origine de votre séparation.

— Pourtant, c'est la vérité. J'ai lancé à ultimatum à ton père en le menaçant de retourner chez mes parents s'il s'installait ici. Il ne m'a pas prise au sérieux et, de mon côté, je n'ai pas imaginé une seconde qu'il me laisserait faire. L'orgueil aidant, nous avons campé sur nos positions, la situation s'est dégradée et en fin de compte tu as été la victime innocente de notre entêtement.

Gabrielle secoua la tête, abasourdie.

— Je n'ai jamais entendu tante Charlotte dire un mot contre toi.

— Parce qu'elle ne parlait jamais de moi, c'est aussi simple que ça. Elle m'avait purement et simplement rayée de son existence.

— Pourquoi n'avez-vous pas repris la vie commune après sa mort?

— Ce n'était pas si simple. La grange avait été convertie en atelier, les affaires de ton père décollaient enfin, j'avais mon agence. Bref, il était trop tard... Nos routes avaient divergé.

Laura contempla sa tasse avec mélancolie.

— Et puis, ton père ne m'a jamais laissé entendre qu'il avait envie que je revienne auprès de lui.

A mots couverts, Laura avouait qu'elle l'aurait envisagé s'il le lui avait demandé.

— Comment as-tu eu l'idée de lui proposer ce séjour au pays de Galles ?

— Parce que je me faisais du souci pour toi.

— Pour moi ?

— Bien sûr ! Entre l'atelier et l'hôpital tu étais déjà débordée : s'il avait fallu en plus que tu t'occupes de ton père après son retour, tu risquais le surmenage... C'est pourquoi j'ai pris le taureau par les cornes et tenté ma chance à tout hasard.

— Merci, maman. Tu as raison : je ne sais pas comment je me serais débrouillée.

— Ton père semble prêt à coopérer. Je suis assez optimiste, tout compte fait.

Une fois couchée, Gabrielle se demanda si son père avait conscience que sa tante était à l'origine de son divorce. Sans doute pas...

Son téléphone portable sonna bien après l'heure fixée par Adam.

— Vous êtes en retard, Adam.

— Il est à peine 11 heures et j'aimerais bien savoir qui est Adam, lança une voix masculine qu'elle reconnut aussitôt.

— Jeremy ! Tu es rentré ?

— Oui. Tu n'as pas reçu ma carte ?

— Pas si tu l'as envoyée à Londres. Je suis encore à Hayward.

— C'est vrai, j'oubliais. Comment va ton père ?

— Mieux, mais il n'est pas complètement remis.

— Ce qui signifie que tu vas encore rester là-bas.

— Oui.

— Comment Jake Trent prend-il la chose ?

— J'ai rendu mon tablier. Pour l'instant, je travaille pour mon père. J'envisage de m'installer à mon compte ou de m'associer avec lui, je n'ai pas encore décidé.

— Ne me dis pas que tu veux t'enterrer définitivement dans ce trou perdu !

— C'est une possibilité.

— Tu comptes venir à Londres un de ces jours ?

— Je n'en sais rien. Pour l'instant, je suis très occupée par un tableau. Quand j'aurai terminé, je te conseille de venir faire un tour à Pennington. Tu pourrais y dénicher une rareté intéressante.

— Voilà un mystère qui paraît très prometteur ! Si tu dis vrai, je me risquerai peut-être à affronter une overdose de chlorophylle. Y a-t-il un hôtel digne de ce nom dans les parages ?

— Ne sois pas stupide ! Je te ferai connaître la date de la vente. Tu m'excuseras, maintenant, mais je tombe de sommeil et...

— Pas si vite ! Tu oublies de me dire à quel point je t'ai manqué.

Gabrielle pouffa.

— J'ai eu bien trop à faire pour m'en rendre compte.

— Tiens donc ! Serait-ce le mystérieux Adam qui t'accapare ?

— Puisque c'est son tableau que je restaure, oui ! Bonne nuit, Jeremy.

7.

Avant de partir, le lendemain, Harry voulut passer l'atelier en revue. Il discuta longuement avec Eddie et Wayne qu'il félicita pour la qualité de leur travail et se livra ensuite à un examen minutieux du double portrait.

— On reconnaît le coup de pinceau de Singleton au premier coup d'œil, déclara-t-il à Gabrielle. La signature devrait se trouver en bas à droite, là où le vernis est très épais, alors fais attention, ma chérie.

— Adam me l'a décrite. Il signait toujours de son monogramme.

— Dès que tu l'aperçois, surtout n'y touche plus. Il vaut mieux laisser des traces de vernis que de risquer d'ôter la signature... Suis-je bête! Comme si j'avais besoin de te le dire, conclut-il sur un large sourire.

— Vous croyez qu'il a beaucoup de valeur, patron? demanda Eddie.

— Historiquement, il n'a pas grand intérêt, mais la provenance est intéressante. Et les deux dames sont très belles. Un joli décolleté fait monter les prix.

— Vous êtes sûr qu'il ne s'agit pas d'une copie? dit Wayne.

— Certain. Je reconnais le style de chaque peintre. Singleton n'avait pas son pareil pour rendre la transparence du teint ou la blancheur d'une peau féminine. Il aimait aussi les clins d'œil : je ne serais pas surpris que tu découvres un détail amusant, Gabrielle.

— En effet. J'ai l'impression qu'il y a un tableau sur le mur, derrière les deux sœurs. Je devrais être fixée ce soir.

Le père et la fille se dirigèrent vers la maison en devisant. Laura vint les rejoindre.

— Alors, Harry ? Tu as mis tout ton monde au pas ?

— Gabrielle n'en a guère besoin. Elle a accompli un travail extraordinaire. Ma pauvre, j'imagine que ce ne doit pas être très drôle d'être enfermée dans cette grange toute la journée par ce temps.

— Si Jeremy est rentré, il va sans doute venir te voir, dit Laura.

— Tu connais Jeremy, maman ! Pour l'arracher à Londres, il faut un événement exceptionnel. Il ne se déplacera sûrement pas pour moi, en revanche, la vente devrait l'attirer.

— Tu lui as parlé du Singleton ? s'enquit Harry, étonné.

— Je ne suis pas aussi naïve ! Je me suis contentée de l'appâter en mentionnant une vente intéressante. Plus il y aura de monde, plus les enchères grimperont, or Adam espère en tirer un bon prix.

A cet instant, une voiture familière stoppa devant la grange.

— Quand on parle du loup, murmura Harry.

— Je vais préparer du café, déclara Laura en s'engouffrant dans la maison.

— Je croyais que tu étais pressée de partir ! s'exclama Gabrielle en riant.

— Le fameux Adam Dysart a attisé ma curiosité. Depuis le temps que j'en entends parler !

Gabrielle intercepta Adam avant qu'il ne se rende à la grange.

— Ma mère vous invite à prendre une tasse de café.

— Je ne voudrais pas m'imposer. Je pensais que vos

parents seraient partis et comme je passais dans le coin pour chercher une table, je...

— ... vous n'avez pu résister au plaisir de venir saluer Henrietta. Suivez-moi, je vais vous présenter ma mère.

Tout comme Mlle Scudamore, Laura ne put résister au charme d'Adam, d'autant qu'il lui promit de garder un œil sur sa fille pendant leur absence.

— J'ai proposé à Gabrielle de dormir sur le canapé pour qu'elle ne soit pas seule la nuit, mais elle a refusé.

— L'idée n'est pas si mauvaise pourtant, dit Harry. La maison est très isolée.

— Pour rien au monde, je ne dormirais seule ici, renchérit Laura en frissonnant.

— Cessez donc de vous inquiéter pour moi ! déclara Gabrielle. Je ne suis plus une petite fille. Et si jamais j'ai peur, je demanderai à Mme Prince de s'installer avec moi.

Rassurée, Laura reposa sa tasse.

— Il est temps de nous mettre en route, Harry.

Adam porta les valises dans le coffre pendant que Gabrielle embrassait ses parents.

Peu après, la voiture s'éloigna dans le chemin.

— J'espère que tout se passera bien, murmura la jeune femme.

— Ne vous inquiétez pas, déclara Adam. Votre mère me paraît tout à fait capable de venir à bout de Harry. Vous ne m'aviez pas dit qu'elle était aussi jeune.

— Elle s'est mariée à dix-neuf ans. Un exemple que j'ai pris soin d'éviter, comme vous pouvez le remarquer. Vous me pardonnerez si je ne vous retiens pas, mais la matinée est très avancée et je n'ai encore rien fait. Il serait temps que je m'attelle au travail. A propos, Jeremy Blyth est rentré des Etats-Unis. Il m'a appelée hier soir et...

— ... est déjà en route pour venir ici.

— Pas du tout. Je suis trop occupée pour recevoir de la visite. En revanche, je lui ai parlé de la vente en spécifiant qu'il y aurait quelque chose d'intéressant pour lui. Cela ne vous ennuie pas, j'espère ?

— Du moment que le tableau se vend, peu m'importe qui l'achète.

Adam poussa un soupir.

— Je voulais vous inviter à dîner, mais je suppose que je n'ai plus aucune chance, étant donné les circonstances.

— Quelles circonstances ?

— Le retour de votre amant.

— Jeremy n'est pas mon amant.

— Dans ce cas, je viendrai vous prendre à 8 heures précises.

— Je n'ai pas encore accepté...

— 8 heures, répéta Adam.

Lui décochant un sourire ravageur, il regagna sa voiture et démarra sans laisser à Gabrielle le temps de protester. Aussi contrariée fût-elle qu'il ne lui ait pas demandé son avis, elle se réjouissait pourtant d'échapper à une longue soirée solitaire.

En s'installant à sa table de travail, elle déclara à ses assistants :

— Puisque je n'ai plus besoin de me rendre à l'hôpital, je travaillerai plus tard, ce soir, mais vous pourrez partir à l'heure habituelle.

Wayne secoua la tête.

— Je resterai jusqu'à ce que tu aies fini. J'ai promis à ton père de t'aider à fermer et je tiens à respecter ma promesse.

— Et comment repartira Eddie ?

— Emma passe le prendre.

La journée s'écoula sans encombres. Après le départ d'Eddie, Gabrielle continua à travailler en compagnie de Wayne. Au bout d'une heure, elle poussa un cri d'excitation. Wayne se précipita pour regarder le tableau. Sur le mur, juste derrière les deux sœurs, un miroir reflétait un visage masculin.

— Benjamin Wallis, murmura-t-elle dans un souffle. Le fiancé volage.

86

Wayne émit un sifflement.

— Voilà le clin d'œil que papa me disait de guetter. Nous avons le triangle amoureux parfait. Maintenant, la signature et on range.

Après une demi-heure de labeur intensif, Gabrielle découvrit enfin ce qu'elle cherchait.

— Ça y est! cria-t-elle. Je l'ai! Le monogramme est visible!

Wayne se pencha par-dessus son épaule.

— On ne voit pas grand-chose.

— Je n'ose pas enlever davantage de vernis, dit Gabrielle en ôtant son masque. J'ai trop peur de l'effacer par mégarde. En tout cas, merci d'être resté, Wayne. Peux-tu emporter le tableau dans la cuisine? Adam doit passer et je veux qu'il voie ça.

— Très bien.

Wayne fut si silencieux pendant les rangements que Gabrielle commença à penser qu'Adam avait peut-être vu juste et qu'il s'était probablement entiché d'elle.

Elle s'affairait dans la cuisine quand Wayne apporta le tableau.

— Bon, tout est en ordre. Au revoir, Gabrielle.

— Merci, Wayne. A demain!

Quand Laura appela pour signaler qu'ils étaient bien arrivés, Gabrielle demanda à parler à son père pour lui raconter sa découverte.

— J'ai également trouvé la signature. C'est bien un Singleton.

— C'est bien, mais ne t'épuise pas à la tâche, ma chérie.

— Ne t'inquiète pas. Adam m'emmène dîner au restaurant.

Certaine que ses parents allaient passer la soirée à s'efforcer de déterminer la nature exacte de ses relations avec celui-ci, Gabrielle raccrocha en souriant.

Après une douche rapide, elle passa sa garde-robe en revue et opta pour une robe fourreau de soie rose et des sandales à talon haut. Ensuite, elle se maquilla avec soin, se brossa longuement les cheveux et les coiffa en un chignon de ballerine. Lorsqu'elle descendit dans la cuisine, elle sourit aux deux sœurs du portrait.

— Je ne suis pas aussi belle que vous, mais tout de même présentable, j'espère.

L'éclair d'admiration qui embrasa le regard d'Adam quand elle lui ouvrit la porte lui donna raison.

— Vous êtes jolie à croquer, mademoiselle Brett.

Gabrielle le prit par la main pour l'entraîner vers la toile.

— Merci, mais ce n'est pas moi qu'il faut regarder. Venez voir !

— Çà alors ! C'est Benjamin Wallis, n'est-ce pas ?

— Lui-même. Il a l'allure du parfait dandy Régence et l'expression caractéristique d'un libertin, vous ne trouvez pas ?

— Tout juste, et si je me fie à mon instinct, ce monsieur va faire monter les enchères.

Le regard d'Adam se posa sur Gabrielle, intense et troublant.

— Je suis très impressionné, Gabrielle. Tant de talent associé à une telle beauté, c'est rare. A présent, rentrons ces demoiselles pour la nuit et allons dîner.

Ils allèrent dans un restaurant italien où le patron accueillit Adam à bras ouverts.

Après avoir choisi son menu, Gabrielle dévisagea Adam en souriant.

— Vous êtes un habitué, j'ai l'impression.

— C'est là que j'amène mes femmes, d'ordinaire.

Le regard indigné de Gabrielle provoqua l'hilarité d'Adam.

— Je faisais allusion à ma mère et mes sœurs.

— Pas à Della ?

— Elle préfère Londres, tout comme votre ami allergique à la campagne. Je devrais la lui présenter. Ils sont peut-être faits l'un pour l'autre, qui sait ?

— Si elle est passionnée par l'art, pourquoi pas ?

— Dans ce cas, c'est sans espoir. Della est intelligente, mais tout ce qui touche à la culture ou à l'art l'ennuie profondément. Maintenant, assez parlé des autres. C'est vous qui m'intéressez, ce soir.

— Parce que j'ai restauré votre tableau ?

Une lueur passionnée s'alluma dans les yeux d'Adam.

— Non, même si je vous en suis très reconnaissant. En fait, j'aime être avec vous, c'est aussi simple que ça.

Gabrielle s'empourpra.

— C'est réciproque, déclara-t-elle. Quand je pense qu'il n'y a pas si longtemps j'abhorrais jusqu'à votre nom, je m'en étonne encore.

Ils s'interrompirent pendant qu'on les servait.

— Est-ce toujours le cas ? s'enquit Adam quand ils furent de nouveau seuls.

— Vous savez bien que non.

— Tant mieux. Malheureusement, je vais formuler une requête qui risque de renvoyer nos relations à l'ère glaciaire.

— Laquelle ?

— J'aimerais que vous me donniez une clé de Hayward.

— Pourquoi ça ?

— Ce n'est pas pour me glisser subrepticement dans votre lit pendant votre sommeil pour attenter à votre vertu, rassurez-vous. Si vous m'appelez au secours en pleine nuit pour une urgence quelconque, je préférerais que vous m'attendiez dans votre chambre.

— Vous vous faisiez du souci pour mon père de la même façon ?

Adam posa une main sur la sienne.

— Non. Ce que je ressens pour vous est très différent des sentiments que m'inspire votre père, mais si je vous les décris vous refuserez de me donner votre clé.

La flamme ardente qui brillait dans les yeux d'Adam, la pression de sa main sur la sienne, le ton chaleureux de sa voix laissaient peu de doute sur ce qu'il éprouvait. En proie à une violente émotion, Gabrielle demeura muette.

Une lueur amusée au fond des yeux, Adam libéra sa main.

— Vous n'avez toujours pas répondu à ma question.

— Vous n'êtes pas sérieux, tout de même !

— Tout ce qu'il y a de plus sérieux, au contraire.

— Bon, je vous donnerai une clé, si cela peut vous rassurer.

Elle n'eut pas plus tôt terminé sa phrase qu'elle se demanda si elle n'acceptait pas plus que ce que les apparences laissaient croire.

Pour faire diversion, elle interrogea Adam sur sa famille. Il répondit de bonne grâce en expliquant que ses parents séjournaient en Toscane chez sa sœur Jessica qui avait épousé un Italien.

— Je commence à avoir de nombreux neveux et nièces. Jessica a deux enfants et Kate, ma sœur qui habite Hampstead, a un fils et des jumelles. Caroline est encore célibataire et ne semble pas sur le point de se marier. Quant à Fanny, elle est à l'âge où une jeune fille traîne dans son sillage une cohorte d'admirateurs.

— Ce doit être formidable de faire partie d'une famille nombreuse, murmura Gabrielle avec une pointe d'envie.

— Je vous présenterai à mes parents la semaine prochaine. Je suis certain que vous ferez leur conquête.

Il se tut pendant qu'on leur apportait le café puis demanda tout à trac :

— Parlez-moi de votre vie à Londres.

— Elle n'a rien de très extraordinaire, vous savez. Comme la plupart des célibataires, je partage mon temps entre le travail, un peu de sport, le cinéma et, parfois, les boîtes de nuit.

— Avec votre marchand d'art ?

— Non, avec d'autres amis.

— Où allez-vous quand vous sortez avec Jeremy ?

— A des vernissages ou bien au théâtre, mais la plupart du temps il m'emmène dans le dernier restaurant à la mode.

— Il ne vous arrive jamais de rester tranquillement devant la télévision en mangeant une pizza comme tout un chacun ?

Gabrielle éclata de rire.

— A moi si, mais je doute que Jeremy ait jamais goûté une pizza de sa vie.

— Je me demande ce que vous lui trouvez.

— De nombreuses qualités, je vous assure.

— Je vous signale que nous avons un théâtre à Pennington, plusieurs cinémas et au moins deux boîtes de nuit très correctes.

— Pourquoi vous sentez-vous obligé de me vanter les mérites de Pennington ?

— Pour vous inciter à vous associer avec votre père. Cela lui ferait plaisir.

Il se pencha pour lui prendre la main.

— A moi aussi, ajouta-t-il.

Pour toute réponse, Gabrielle esquissa un sourire énigmatique.

Lorsqu'ils quittèrent leur table, le propriétaire du restaurant vint les saluer en chargeant Adam de transmettre ses amitiés à ses parents.

— Vous connaissez tout le monde à Pennington, déclara Gabrielle quand la voiture démarra.

— C'est plutôt l'inverse, en fait. De nombreuses personnes me connaissent à cause de la salle des ventes.

— J'ai une amie, ici, malheureusement, elle est en vacances, en ce moment.

— Je croyais que vous ne sortiez jamais de l'atelier de votre père quand vous veniez.

— Vous oubliez que j'ai vécu ici jusqu'à l'âge de treize ans.

— Si je comprends bien, vous n'auriez aucun mal à vous réadapter à la vie à Pennington.

Gabrielle sourit.

— Sauf si mes parents rentrent brouillés de leur séjour. Si je m'associais avec mon père alors qu'ils sont en froid, j'aurais l'impression d'abandonner ma mère.

— Pennington n'est pas très loin de Londres.

— Je sais, mais je refuse de prendre une décision ou même d'y songer tant que mon père ne sera pas rétabli et que je n'en aurai pas fini avec le tableau qui vous permettra de garnir votre compte en banque.

Adam lui jeta un coup d'œil en biais.

— Croyez-vous que je ne m'intéresse qu'à l'argent ?

— Non. Je pense plutôt que c'est la joie de dénicher la perle rare que personne n'a su repérer avant vous qui vous motive.

— Peu de personnes sont capables de le comprendre.

Le reste du trajet s'effectua dans un silence pensif. Une fois à Hayward, Adam aida Gabrielle à descendre de voiture.

— Ces sandales sont particulièrement inadaptées dans une cour de ferme, lança-t-elle en riant.

— Mais elles soulignent la perfection de vos jambes.

— Merci. Je vous offre une autre tasse de café ?

— Non, mais je vais vous accompagner à l'intérieur. Sauf si vous craignez pour votre vertu, ajouta-t-il d'un ton taquin.

— Je n'ai aucune inquiétude ! Vous avez bien trop peur que je refuse de continuer la restauration si vous tentiez de me brusquer.

— Vous êtes dure, Gabrielle !

— C'est le seul moyen de survivre dans la jungle humaine, que voulez-vous !

Après avoir allumé les lumières, Gabrielle se dirigea vers la cuisine.

— Je vais prendre un verre de Perrier. Voulez-vous m'accompagner ou préférez-vous une bière ?

Adam opta pour la bière, mais au lieu de se percher sur la table, comme d'habitude, il enleva sa veste et s'installa dans un des fauteuils de cuir devant la cheminée.

— A vos talents de restauratrice ! s'exclama-t-il en tendant son verre en direction de la jeune femme.

Gabrielle inclina gracieusement la tête pour le remercier.

— J'ai presque terminé d'ôter le vernis. Je me sers d'un scalpel pour les dernières parties. Cela évite de s'acharner trop longtemps sur les empâtements.

— Ce travail répétitif ne vous lasse pas à la longue ?

— Uniquement quand je sais que le résultat ne sera pas à la hauteur des attentes du propriétaire. Il y a un tel engouement pour les antiquités que la plupart des gens sont persuadés de posséder une œuvre de génie dès qu'ils achètent une toile pour trois sous chez un brocanteur. Avec le Singleton, il en va tout autrement. C'est grisant de dévoiler peu à peu un tableau aussi merveilleux, surtout en sachant que je suis la première à le voir depuis presque deux cents ans.

— A ce sujet, si votre antiquaire vient à la vente, cela m'intéresserait de connaître son opinion.

— Vous avez raison : Jeremy est un expert.

— Vous lui avez parlé de moi ?

— J'ai juste mentionné votre prénom, hier soir. Quand il a appelé, j'ai cru qu'il s'agissait de vous.

— Il ne l'a pas trop mal pris ?

— Pour quelle raison le prendrait-il mal ?

— Si vous étiez mienne, je prendrais ce genre de méprise assez mal.

— Je n'appartiens ni à Jeremy ni à qui que ce soit, riposta Gabrielle.

— Dans ce cas..., dit Adam en se levant d'un bond.

La seconde suivante, il enlaçait Gabrielle et prenait possession de sa bouche sans qu'elle lui oppose la moindre résistance. Non seulement, Adam n'avait pas caché l'attirance qu'il éprouvait pour elle, mais elle espérait cet instant depuis le début de la soirée. D'une douce pression de la langue, il lui entrouvrit les lèvres. Fermant les paupières, elle s'abandonna aux sensations délicieuses qui l'envahissaient. Graduellement, une ferveur sensuelle monta en elle, une urgence qui l'incita à rendre ce baiser de toute son âme. Leur étreinte se fit passionnée, fiévreuse, leurs souffles se mêlèrent avec une sensualité presque sauvage.

Dans un élan plein de fougue, Adam la souleva dans ses bras et s'assit avec elle dans le fauteuil. Il ôta les épingles qui retenaient le chignon d'une main fébrile, faisant ruisseler les mèches rousses entre ses doigts. Puis, le regard assombri par le désir, il abaissa la fermeture Eclair de la robe fourreau et dénuda la poitrine de la jeune femme. Il effleura sa gorge d'une caresse et posa ses lèvres sur un sein rond et frémissant tandis que de sa main, il parcourait son dos en un lent va-et-vient. Le désir qui monta en elle devint si vif qu'elle se mit à trembler.

Les doigts enfouis dans sa chevelure, Adam riva ses yeux aux siens.

— J'ai envie de vous, Gabrielle.

— Je sais.

— Je ne veux pas, chuchota-t-il. Pas si vite...

Surprise, Gabrielle l'interrogea du regard.

— Je préfère attendre que vous ayez fini le tableau. Non parce que je crains que vous ne le finissiez pas, mais parce que je tiens à ce qu'il n'y ait plus de relations professionnelles entre nous. C'est la femme que je veux, pas la restauratrice, aussi talentueuse soit-elle. Et puis, vous êtes la fille de Harry. Ce serait contre mes principes de vous entraîner au lit dès qu'il a le dos tourné.

Pour cacher sa frustration, Gabrielle se leva en rajustant ses vêtements d'une main tremblante.

— A supposer que je me sois laissé entraîner.

Adam la rejoignit.

— Etes-vous en train de me dire que vous ne me désirez pas ?

— Non, mais moi non plus je n'aurais pas fait l'amour ce soir, mentit-elle pour avoir le dernier mot. Les aventures d'une nuit ne m'intéressent pas.

Un éclair de colère passa dans les yeux d'Adam. Furieux, il lui saisit les bras avec force.

— Est-ce tout ce que cela signifie pour vous ?

Il la libéra si brusquement qu'elle vacilla sur ses hauts talons.

— Que voulez-vous dire ?

— Quelle importance ?

— La plupart du temps, les hommes ne cherchent qu'une aventure d'une nuit.

— Cela m'est arrivé, en effet, mais ce n'est pas ce que je veux avec vous.

Il se passa la main dans les cheveux en la fusillant du regard.

— Je vous aime, bon sang ! Cela crève les yeux, non ?

8.

Abasourdie par cette déclaration, Gabrielle demeura sans voix pendant un long moment.

— Comment pouvez-vous dire une chose pareille alors que vous me connaissez à peine ? dit-elle enfin.

— Parce que c'est la vérité, répliqua Adam.

— Vous venez de rompre avec Della !

— Della n'a rien à voir avec ce qui se passe entre nous. D'ailleurs, quand vous m'embrassiez, vous ne pensiez pas à elle.

— Vous non plus !

— Je l'ai oubliée depuis belle lurette.

Désemparée, Gabrielle le dévisagea avec gêne. Elle se rendait compte que son manque d'enthousiasme avait dû blesser Adam. Cependant, il fallait mettre cela sur le compte de son trouble. En effet, c'était la première fois qu'un homme lui déclarait son amour. Elle avait eu des liaisons, bien sûr, mais si elle avait partagé avec ses compagnons des moments d'intimité et de complicité, l'amour n'entrait pas en ligne de compte dans leurs relations. Adam l'attirait, incontestablement, et elle-même le désirait. De là à l'aimer... Et puis, l'exemple de ses parents lui inspirait une méfiance viscérale à l'égard des sentiments. L'amour était fragile et, surtout, il n'était pas éternel.

— Je ferais mieux de partir, murmura Adam en s'emparant de sa veste.

— Je suis désolée, murmura-t-elle.

— Pour quelle raison? Les sentiments ne se commandent pas.

— J'aurais préféré réserver un meilleur accueil à votre déclaration. Personne ne m'a jamais ouvert son cœur comme vous l'avez fait.

— Même pas Jeremy?

— Je vous ai déjà dit que nous n'entretenions pas ce genre de relations.

Il la considéra longuement puis un léger sourire apparut sur ses lèvres.

— Dans ce cas, oublions ce qui vient de se passer. Nous repartirons sur un autre pied demain.

Ne la quittant pas des yeux, il enfila sa veste.

— Bonne nuit, Gabrielle.

— Merci pour le dîner.

Gabrielle se sentait complètement désorientée. Elle ne savait pas ce qu'elle souhaitait, sauf qu'elle ne voulait pas qu'il s'en aille. Son indécision dut se refléter sur son visage car il déclara :

— Qu'y a-t-il?

— Il est encore tôt. Rien ne vous oblige à partir.

— Pourquoi me demandez-vous de rester? Parce que vous avez envie que je vous tienne compagnie ou parce que vous craignez de rester seule?

Tandis qu'il prononçait ces mots, des larmes se mirent à couler doucement sur les joues de Gabrielle. La gorge nouée, elle lui tourna le dos pour les essuyer d'un geste rageur. Que lui arrivait-il? Pourquoi réagissait-elle avec une telle émotivité à une simple question? Une question qu'il avait tous les droits de se poser, qui plus est !

Elle sentit la présence d'Adam derrière elle et, pourtant, il ne la touchait pas. Puis, elle l'entendit pousser un soupir et il lui glissa un bras autour de la taille en l'attirant contre lui. Le souffle court, Gabrielle se figea. Elle n'osait esquisser le moindre geste de peur qu'il l'interprète comme un rejet. Puis elle eut un petit rire et pivota vers lui.

— Il faut absolument que j'enlève mes sandales sinon je vais m'effondrer.

L'éclat de rire d'Adam dissipa la tension comme par magie.

— Faites donc !

Elle s'exécuta avec soulagement.

— J'avais envie de vous impressionner, ce soir, mais ces sandales étaient un mauvais choix.

— Même en salopette, vous m'impressionnez.

Adam ôta de nouveau sa veste. Gabrielle lui proposa une autre bière.

— Plutôt un verre d'eau, s'il vous plaît.

Ils s'assirent tous deux devant la table. Adam but une gorgée puis reposa son verre en la fixant intensément.

— J'aimerais éclaircir certains points, Gabrielle.

— Je vous écoute.

— Il y a eu un certain nombre de femmes dans ma vie, mais j'ai toujours pris soin de séparer ma vie amoureuse de Friars Wood. En d'autres termes, aucune n'est jamais venue chez moi.

Pourtant, il l'y avait emmenée en rentrant de leur excursion dans le Herefordshire.

Une fois encore, Adam lut dans ses pensées.

— Eh oui, vous êtes la seule à avoir eu l'honneur d'y prendre un repas. Ce qui signifie que s'il vous prenait un jour l'envie d'y passer la nuit avec moi, vous seriez la bienvenue.

— J'en prends bonne note, murmura-t-elle avec un sourire amusé.

— Je l'espère bien. A présent, je vais vous laisser, sinon vous serez trop épuisée pour travailler correctement demain or, je vous paie assez cher pour exiger une entière satisfaction.

— Je suis chère, mais je suis bonne, rétorqua Gabrielle, piquée au vif.

Adam l'enlaça en riant et l'embrassa avec ferveur.

— Vous êtes même la meilleure. Donnez-moi la clé, maintenant.

Gabrielle alla chercher le double dans un secrétaire.

— Comme vous pouvez le constater, cette pièce sert à la fois de cuisine, de salon et de bureau.

— Je suis étonné que vous n'y ayez pas encore installé votre lit.

— Au rez-de-chaussée ? Sûrement pas !

En donnant la clé à Adam, elle lui tendit les lèvres. Il les effleura d'un baiser aérien qui la laissa sur sa faim.

— Encore !

Il obtempéra avec fougue, mais mit très vite un terme à leur étreinte.

— Vous ne jouez pas franc jeu, Gabrielle.

— Je vous verrai demain ?

— J'ai promis à votre mère de veiller sur vous, n'oubliez pas. Fermez bien derrière moi.

Gabrielle esquissa un salut militaire.

— A vos ordres. Et merci encore.

— Pour quoi ?

— Pour tout.

Pour une fois, ce ne furent pas les craquements des boiseries qui tinrent Gabrielle éveillée mais la frustration. Elle aurait voulu faire l'amour avec Adam, mener leurs baisers à leur conclusion naturelle, et se sentait lésée de ne pas avoir assouvi son désir. Devait-elle pour autant en conclure qu'elle était amoureuse de lui ? Il l'attirait indéniablement, certes ; quand il n'était pas là, il lui manquait et occupait ses pensées en permanence, mais elle manquait de repères pour analyser ses sentiments. N'ayant jamais vraiment aimé, comment aurait-elle pu savoir si l'attraction qu'il exerçait sur elle était uniquement physique ?

**
*

Le lendemain, Adam ne donna pas signe de vie. La journée s'écoula très vite grâce au travail, mais la soirée s'annonça fort morose. Par fierté, Gabrielle s'interdit d'appeler Adam, mais l'ampleur de sa déception quand le téléphone demeura silencieux la surprit. Elle se prit à regretter de n'avoir pas accueilli sa déclaration plus favorablement, d'autant qu'il lui avait dit que c'était la première fois qu'il se risquait à ce genre d'aveu.

Pour tromper sa mélancolie, elle passa des heures au téléphone avec ses amis londoniens et termina par un appel à ses parents.

Au moment où elle disait au revoir à Laura, la sonnerie de son portable retentit.

— Enfin ! s'exclama Adam. La ligne de la maison a été occupée toute la soirée ! Avec qui bavardiez-vous ?

— Avec des amis.

— Comment va ma belle dame ?

Le cœur de Gabrielle s'emballa puis elle comprit qu'il parlait d'Henrietta.

— Je vais commencer à revernir demain.

— Nous sommes samedi, demain, or j'ai promis à Harry de vous obliger à vous reposer pendant le weekend.

— Je m'en voudrais de vous conduire au parjure.

— Je serai occupé toute la matinée chez Dysart, mais nous pouvons nous retrouver pour le déjeuner, à moins que vous ayez un autre programme en tête.

Le programme de Gabrielle n'avait rien de très exaltant puisqu'il consistait à faire des courses au supermarché et passer ensuite la première couche de vernis sur le tableau.

— Je n'ai rien prévu qui ne puisse attendre.

— Dans ce cas, retrouvez-moi à 13 heures à la salle des ventes.

— Adam ?

— Oui ?

— Vous m'en voulez toujours ?

Il y eut une pause si longue qu'elle crut qu'ils avaient été coupés.

— Je ne vous en veux pas, Gabrielle.

— Mais je vous ai blessé?

— Si je réponds par l'affirmative, me donnerez-vous un baiser pour vous faire pardonner?

— Peut-être.

— A la bonne heure! A demain, Gabrielle.

Quand Gabrielle se réveilla, le ciel charriait des nuages gris et l'atmosphère s'était considérablement rafraîchie. Elle se sentait le cœur si léger qu'elle n'y fit même pas attention. Armée d'un roman, elle s'offrit un long bain, prit ensuite tout son temps pour s'habiller et se coiffer puis, après avoir branché l'alarme, partit pour Pennington.

Après avoir fait ses provisions au supermarché, elle se rendit à pied à la salle des ventes. Les bureaux de Dysart occupaient une magnifique maison Régence dont les dépendances servaient aux ventes ordinaires. Pour les ventes prestigieuses comme celle qui s'annonçait, on utilisait les salons de la maison.

Un employé guida Gabrielle jusqu'à une porte du second étage. Dès qu'il aperçut la jeune femme, Adam quitta son bureau et traversa la pièce en trois enjambées pour l'embrasser avec fougue. Lorsqu'il la libéra, elle était cramoisie.

— Vous m'aviez promis ce baiser... Vous vous en souvenez, j'espère?

— J'avais dit peut-être.

— Ah bon? En tout cas, vous êtes en retard.

— Au contraire, je suis en avance.

Adam consulta sa montre d'un air étonné.

— Vous avez raison, mais vous m'avez manqué. Ma tentative de domptage a probablement été plus pénible pour moi que pour vous.

— De quoi parlez-vous ?

— Je me suis forcé à ne pas passer à Hayward hier dans l'espoir que je finirais par vous manquer.

Il lui effleura la joue avec tendresse.

— Ça a marché ?

Il ignorait à quel point, mais Gabrielle se refusa à le lui avouer.

— Je n'ai pas vu le temps passer, mentit-elle. Votre tableau m'accapare beaucoup, au cas où vous ne vous en seriez pas aperçu.

Adam poussa un soupir insistant.

— Au risque de me répéter, vous êtes vraiment dure, Gabrielle.

— Je suis surtout affamée, mais, aujourd'hui, c'est moi qui vous invite.

Adam referma la porte en secouant la tête et désigna une petite table sur laquelle étaient disposés deux couverts.

— Tout est prévu.

Comme Gabrielle ouvrait la bouche pour protester, un homme âgé pénétra dans la pièce. Il informa Adam que tout le monde était parti et lui demanda de s'assurer que l'alarme était branchée avant de quitter les lieux.

— Je n'y manquerai pas, Reg. Gabrielle, je vous présente Reg Parker, le cœur et l'âme de cette maison. Reg, Gabrielle Brett.

Une poigne vigoureuse broya la main de la jeune femme.

— Vous êtes la fille de Harry ! Comment va votre père ?

— Beaucoup mieux. Il est en convalescence.

— Transmettez-lui toutes mes amitiés. Tu penseras à tout, Adam ?

— Je vérifierai deux fois, promit celui-ci.

Dès que le vieux monsieur s'éclipsa, Adam leva les yeux au ciel.

— Il travaillait ici avant ma naissance. C'est peu dire qu'il est attaché à cet endroit.

Gabrielle se laissa guider vers le fauteuil pivotant derrière le bureau d'Adam.

— Cela ne vous ennuie pas de déjeuner ici ?

— Pas du tout, mais cela me gêne d'être encore votre hôte.

— Qu'à cela ne tienne ! Vous n'aurez qu'à m'inviter chez vous un soir.

— Je cuisine peut-être très mal.

— Cela m'étonnerait. Vos œufs brouillés étaient un régal.

A table, Gabrielle se régala. Le déjeuner consistait en une quiche aux légumes et une salade verte parsemée de copeaux de truffe.

— Tout vient du restaurant français, au bas de la rue, expliqua Adam. Le chef est un cuisinier remarquable.

— Vous faites des repas aussi raffinés tous les jours ?

— Hélas, non. En général, je déjeune au pub avec mon père ou je mange un sandwich, mais aujourd'hui je tenais à vous faire honneur.

— Tout est fin prêt pour la vente ?

— A peu près. J'espère que ce sera terminé pour le retour de mes parents.

— Je vais commencer à vernir le Singleton demain.

— Un dimanche ?

— Cela ne me dérange pas.

— Je sais, mais cela me ferait plaisir que vous vous accordiez un peu de détente.

Gabrielle rendit les armes de bonne grâce.

— Comment refuser quand c'est demandé aussi gentiment ?

Adam lui adressa un sourire charmeur puis lui servit une seconde part de quiche. Ils mangèrent quelques instants sans rien dire puis Gabrielle demanda :

— Avez-vous réfléchi au titre que vous allez donner au tableau ?

— Pourquoi pas *Les sœurs Scudamore* ?

— C'est un peu plat, dit-elle. *Réflexion dans un miroir*, peut-être ?

— Ou *L'Amant infidèle* ?

— Non, ça ne va pas. Il faut quelque chose de plus descriptif.

Adam la dévisagea avec un sourire moqueur.

— Pardonnez-moi, s'exclama-t-elle. J'ai tendance à être aussi possessive que vous à l'égard d'Henrietta.

— A juste titre puisque c'est vous qui lui avez donné une nouvelle jeunesse. Je ne remercierai jamais assez Harry de vous avoir persuadée d'entreprendre cette restauration.

— Il ne m'a pas persuadée, il m'a ordonné de la faire.

Adam se rembrunit légèrement.

— Est-ce pour cette raison que vous êtes là aujourd'hui ? Parce qu'il vous a recommandé d'être aimable avec moi ?

Incapable de mentir, surtout quand Adam la fixait de ce regard intense, Gabrielle secoua la tête.

— Non.

— Pourquoi, alors ?

— Parce que j'ai envie d'être là.

Adam lui prit la main.

— Tant mieux, parce que j'étais sérieux, l'autre soir.

— Vous m'avez prise de court.

— J'ai remarqué.

— Je suis désolée d'avoir été aussi... aussi...

— Cruelle ?

— Ce n'était pas mon intention.

Adam porta sa main à ses lèvres pour y déposer un baiser.

— Alors, accordez-moi une faveur... non, deux.

— Lesquelles ?

— Tutoyons-nous.

— Accordé. Et la seconde ?

— Dites-moi quels sont vos sentiments pour moi.

9.

Gabrielle réfléchit pendant si longtemps qu'Adam déclara avec humour :

— Tu m'enverras ta réponse par fax quand tu l'auras trouvée.

Un peu vexée, elle esquissa une petite moue.

— Eh bien, j'apprécie les moments que nous passons ensemble, murmura-t-elle d'un ton hésitant.

— Un peu tiède comme début ! ironisa Adam.

— Nous avons beaucoup en commun.

— Certes !

— Tu me manques quand tu n'es pas là.

— Ah, nous progressons !

— Et, physiquement, tu ne me laisses pas indifférente, loin de là.

Adam se pencha vers elle.

— Dois-je comprendre que ton cœur bat plus vite quand tu me vois ?

Gabrielle protesta en riant :

— Il est difficile d'analyser mes sentiments à froid, mais... oui, c'est le cas.

La flamme brûlante qui embrasa alors le regard d'Adam la fit frissonner.

— Quant à moi, j'aimerais te faire l'amour passionnément, tout de suite, mais je préfère attendre que nous soyons dans un endroit un peu plus intime, annonça-t-il.

Maintenant, viens, je vais te faire visiter la maison avant de partir.

— Parce que nous passons le reste de la journée ensemble ?

— Quelle question ! Bien sûr !

— Dans ce cas, je t'invite à dîner.

— J'accepterais avec plaisir, mais j'ai prévu autre chose, ce soir.

— Quoi donc ?

— Tu verras.

— Tu aimes vraiment cultiver le mystère.

— Je t'ai déjà dit que c'était ma façon d'entretenir ton intérêt.

Là-dessus, il lui planta un baiser rapide sur les lèvres puis l'entraîna vers l'escalier.

Les murs de la salle des ventes étaient recouverts d'un tissu cramoisi sur lequel les meubles et les tableaux ressortaient magnifiquement. Gabrielle fut impressionnée par la variété et la qualité des objets exposés. Il y avait là toutes sortes de tables, de commodes, de fauteuils dont les plus récents dataient du milieu XIXe.

— J'aime beaucoup cette petite table à trois pieds, dit Gabrielle. Tu crois que j'aurai les moyens de me l'offrir ?

— Pourquoi pas ? Le but d'une vente est de pousser les clients à faire monter les enchères et donc à acheter plus cher que chez un antiquaire. Tout dépend aussi de la somme que tu es prête à débourser, mais comme elle n'a pas une valeur considérable, tu peux toujours tenter ta chance en venant.

— Bien sûr que je vais venir ! J'ai l'intention d'assister à la fin de l'aventure d'Henrietta. Qui sera le commissaire-priseur, au fait ?

— Ton serviteur. Et pour citer quelqu'un de ma connaissance, je suis plutôt bon dans ce domaine.

Gabrielle éclata de rire puis elle examina les tableaux. Elle reconnut quelques signatures intéressantes mais aucune qui soit à la hauteur du Singleton.

106

— Henrietta sera la reine de la vente.

— Je l'espère bien. Il est temps que je ferme, maintenant. Reg serait capable de passer pour s'assurer que tout est en ordre.

Lorsque Adam se gara sur le parking du supermarché à côté de la voiture de Gabrielle, une pluie fine se mit à tomber.

— Je vais te suivre jusqu'à Hayward pour allumer les lumières et ensuite je te ramènerai à Friars Wood, déclara-t-il.

— Et si je ne suis pas d'accord ?

Adam lui souleva le menton en plongeant les yeux dans les siens.

— Est-ce le cas ?

— Tu sais bien que non.

— Alors pourquoi soulever la question ? conclut-il en déposant un léger baiser sur ses lèvres.

Le temps se dégrada entre Pennington et Hayward. Enfilant le ciré qu'elle avait pris soin d'emporter, Gabrielle descendit de voiture sous une pluie battante et courut jusqu'à la maison, ses sacs à provisions dans les bras. Adam la suivit de près.

Une fois à l'intérieur, il alluma toutes les pièces pendant que Gabrielle rangeait ses achats. Quand il la rejoignit, elle contempla son jean d'un air sceptique.

— Dis-moi au moins si je dois me changer.

— Tu es parfaite comme tu es. Allons-y.

— Tu ne veux pas prendre un thé ?

— Nous le prendrons chez moi.

Gabrielle monta se rafraîchir un peu. Quand elle rejoignit Adam, il l'attira dans ses bras et l'embrassa à perdre haleine.

— Viens, dit-il d'une voix rauque.

Pendant le trajet, ils s'engagèrent dans une discussion enflammée sur leurs peintres préférés. Malgré la pluie torrentielle, les trente kilomètres qui séparaient Hayward de Friars Wood parurent ridiculement courts à Gabrielle.

Comme à Hayward, tous deux se précipitèrent vers la maison en courant. Une fois à l'intérieur, Adam se tourna vers Gabrielle en riant.

— Pas trop trempée ?

— Non.

— Tu as froid ?

— Pas du tout.

Adam précéda Gabrielle dans la cuisine où il brancha la bouilloire. Pendant qu'elle préparait le thé, il disposa des tasses sur un plateau qu'il emporta dans le salon.

— Ce temps est sinistre. Je vais allumer un feu.

— En juin ?

— Pourquoi pas ?

Quelques minutes plus tard, une belle flambée crépitait joyeusement dans la cheminée.

Adam servit le thé puis s'installa sur le canapé à côté de la jeune femme en lui présentant une assiette de petits fours sucrés.

— Tout a l'air délicieux. Je ne sais pas quoi choisir.

— Ces petits gâteaux viennent aussi du restaurant français. Je t'y emmènerai bientôt : il faut absolument que tu goûtes la cuisine d'Henri.

— C'est lui qui réalise aussi les pâtisseries ?

— Non, c'est sa femme, mais comme Henri est persuadé que les grands cuisiniers sont toujours des hommes, il s'abstient de faire trop de publicité autour des talents de son épouse.

— En bref, elle s'échine à la tâche sans la moindre reconnaissance. La pauvre !

— Si tu connaissais Séverine, tu ne dirais pas ça. Elle sait impressionner son monde.

— C'est bizarre, je te vois mal impressionné par une femme.

— Pourtant c'est l'effet que tu as produit sur moi la première fois que je t'ai vue.

— C'est parce que ton arrogance m'avait hérissée, dit Gabrielle en prenant un petit four au chocolat.

— Tu exagères ! D'ailleurs, si tu m'as renvoyé, c'est parce que tu avais des préjugés à mon égard. Je n'avais aucune chance. D'ailleurs, j'aimerais bien savoir quels arguments Harry a déployés pour te convaincre de changer d'avis.

— Ça, mon cher, c'est un secret. Dis-moi plutôt comment tu occupes tes soirées du samedi, d'habitude.

Adam étendit ses longues jambes devant lui.

— J'ai un cercle d'amis ici. Nous nous retrouvons régulièrement pour aller au cinéma ou au restaurant et même ici, de temps en temps. Chacun se sent libre de venir ou non. Parfois je sors avec eux, parfois non. Cela étant, deux couples sont sur le point de se marier et un autre part pour l'étranger, alors je pense que nos sorties en groupe vont se raréfier.

— Et Della ?

— Della ne fait pas partie du cercle. Nous nous sommes rencontrés par hasard au concert. Pendant plusieurs mois, j'ai passé mes week-ends à Londres pour la voir, ce qui m'a un peu éloigné de mes amis.

— Tu n'es pas sorti avec eux depuis que tu l'as rencontrée ?

— Non.

Posant un bras sur le dossier, il se pencha vers elle.

— Le jour où j'ai rompu avec Della, j'ai acheté le portait qui m'a mené à toi. Depuis, les autres femmes me laissent de marbre.

— Tu es certain que tu n'agis pas sous le coup de la déception ?

— Certain. J'ai passé de bons moments avec Della, mais, avec le recul, je m'étonne que cela ait duré aussi longtemps entre nous.

— Pourquoi ?

Adam s'accorda quelques instants de réflexion avant de répondre.

— Les femmes que je fréquente se divisent en deux catégories. Il y a des femmes intelligentes, vives et cultivées, comme mes amies de Pennington, ou bien des femmes comme Della, sexy, jolies, sophistiquées mais qui n'éprouvent aucun intérêt pour ce qui me passionne.

— Dans quelle catégorie me ranges-tu?

— Les deux. J'ai envie de toi, je ne te l'ai pas caché, mais j'adore aussi nos discussions et même nos disputes.

Tout en fixant les flammes, il poursuivit d'une voix vibrante :

— J'ai toujours espéré rencontrer un jour l'âme sœur, comme Kate et Jessica. Avec toi, mes vœux sont comblés.

Bouleversée par cette confession, Gabrielle ne résista à l'envie de se jeter au cou de son compagnon qu'au prix d'un effort héroïque.

— Tu es vraiment sérieux?

A ces mots, le visage d'Adam se ferma. Comprenant qu'il se méprenait sur le sens de sa question, elle lui prit la main.

— Excuse-moi, je suis désolée.

— Tu prends vraiment un malin plaisir à me tourmenter, Gabrielle.

— Dans ce cas, je vais t'embrasser pour me faire pardonner.

Joignant le geste à la parole, elle attira sa tête vers la sienne. Leurs bouches s'unirent pour un baiser d'une exquise douceur qui s'acheva par une longue étreinte. Enlacés l'un contre l'autre, ils demeurèrent silencieux pendant un long moment. Gabrielle se sentait si bien dans ces bras fermes et rassurants qu'une douce léthargie l'envahit et qu'elle ne put réprimer un bâillement.

Adam se mit à rire.

— Tu t'ennuies à ce point?

— Non, mais je me sens tellement bien que je me détends.

Loin de s'offusquer, Adam lui effleura tendrement la joue.

— C'est le plus beau compliment qu'on m'ait jamais fait. Tu es à bout de forces. Ferme les yeux un moment pendant que je débarrasse le plateau.

— Ne sois pas trop long.

— J'en ai pour deux minutes. Tiens, glisse ce coussin sous ta tête.

Les yeux rivés sur le feu, Gabrielle s'abandonna à une délicieuse torpeur. Le bruit de la pluie contre les carreaux renforçait son sentiment de bien-être. Le retour à Hayward serait difficile, très difficile...

Gabrielle ouvrit les yeux en sursaut. Les rideaux étaient tirés, les lampes allumées et sa montre indiquait 8 heures du soir. Au comble de l'embarras, elle bondit du canapé à l'instant où Adam entrait dans la pièce.

— Tu te sens mieux? dit-il en l'embrassant.

— En pleine forme, mais pas très présentable. Si cela ne t'ennuie pas, je vais monter me donner un coup de peigne dans la salle de bains. Je suis gênée d'avoir dormi si longtemps.

Adam lui ébouriffa un peu plus les cheveux.

— Tu en avais besoin, manifestement. J'ai failli t'emmener dans ma chambre, mais je me suis ravisé de peur que tu te méprennes sur mes intentions et que tu exiges de rentrer chez toi dès ton réveil.

— Pas question de rentrer tant que je n'aurai pas dîné. Je meurs de faim.

— Tant mieux. Le repas sera prêt dans dix minutes.

Quand Gabrielle descendit, elle trouva le couvert dressé dans le salon et non dans la cuisine, comme elle s'y attendait. Une nappe brodée recouvrait la table basse sur laquelle étaient disposés des assiettes anciennes et des couverts en argent. Le cœur palpitant d'une joie étrange, elle suivit les mouvements d'Adam avec fascination pendant qu'il débouchait une bouteille de vin.

Adam disparut un instant pour revenir presque aussitôt avec une énorme pizza qu'il déposa sur la table.

— Qu'en penses-tu?

Gabrielle contempla la pizza avec étonnement puis elle éclata de rire lorsque Adam sortit trois cassettes vidéo de sous la table.

— Pizza et vidéo ! s'exclama-t-elle.

Il eut un sourire satisfait.

— Pas d'objection ?

— Aucune ! Vous savez comment faire plaisir à une femme, monsieur Dysart.

— Je fais de mon mieux, répliqua-t-il en coupant la pizza. J'ai pris une quatre saisons pour que tu aies le choix.

Gabrielle dévora sa part en se demandant pourquoi son appétit décuplait dès qu'elle se trouvait en compagnie d'Adam.

— Pourquoi fronces-tu les sourcils ? s'enquit-il.

— Je réfléchissais.

— A quoi ?

— Je me demandais pourquoi j'avais toujours faim quand je suis avec toi.

— Parce que tu es détendue, c'est tout.

— Comment as-tu pu te faire livrer une pizza, ici ? Nous sommes en pleine campagne.

— Je ne l'ai pas fait livrer. Quand tu m'as dit que Jeremy dédaignait ce genre de menu, j'ai aussitôt commandé une pizza chez Conti et je l'ai mise au congélateur en espérant la manger un jour en regardant un film avec toi. J'aurais pu t'emmener au cinéma ou au théâtre, mais...

— Je préfère mille fois être ici. Tu peux me resservir une part ?

La pizza fut engloutie en un rien de temps et, pendant qu'ils terminaient leurs verres de vin, Adam demanda :

— Tu veux du café ou on met le film en route ?

— Mettons le film tout de suite. Lequel veux-tu voir ?

— A toi l'honneur.

— Tu me gâtes.

— Ravi que tu t'en aperçoives. Alors, lequel préfères-tu ?

112

Gabrielle choisit une comédie romantique qu'elle regarda, lovée contre Adam.

Tandis que le film s'achevait, il lui effleura les lèvres en souriant.

— En matière de baisers, je peux faire mieux que le héros.

— Ah bon? Montre-moi.

Adam obtempéra avec une telle diligence que le cœur de Gabrielle cessa de battre un instant. A son grand regret, il s'écarta trop vite.

— Si nous continuons, je ne répondrai plus de mes actes, murmura-t-il d'une voix rauque. Je rêve de te faire l'amour, mais j'ai peur que tu trouves cela trop rapide.

— Détrompe-toi.

Adam se figea.

— Tu peux répéter?

— Tu tiens vraiment à ce que je mette les points sur les i! Moi aussi, j'ai envie de toi, Adam. Moi aussi, j'ai envie de faire l'amour.

— Et ensuite? Je te ramène chez toi et nous faisons comme si de rien n'était? Désolé, mais cela ne me suffit pas : je t'ai avoué mes sentiments, mais tu as oublié de me dire les tiens.

Gabrielle prit son temps pour répondre.

— Je ne suis sûre de rien, Adam. Tout ça est très nouveau pour moi. Tu ne me laisses pas indifférente, ton absence me pèse terriblement et je retrouve tout mon entrain quand tu es là, c'est tout ce que je peux dire.

— Cela ne me suffit toujours pas.

— Tu... veux dire que tu refuses de faire l'amour avec moi tant que je ne t'aurai pas donné un signe d'encouragement?

— Je n'ai pas besoin d'encouragement, mais d'une assurance spécifique.

Terrifiée à l'idée de ce qu'elle s'apprêtait à dire, Gabrielle lui lança un coup d'œil indécis.

— Je... je crois que je t'aime, Adam.

— Encore, murmura-t-il en l'enlaçant.

— Je t'aime, je t'aime, je t'aime. Combien de fois dois-je le répéter?

— Tous les jours jusqu'à la fin de ta vie.

Le baiser impétueux qui conclut ces paroles ne laissa aucun doute sur le sérieux de cette déclaration.

10.

Emportée par une émotion intense, Gabrielle s'abandonna à la magie de l'instant. Elle avait l'impression qu'une force instinctive et mystérieuse l'habitait, l'enchaînant à Adam... Une force contre laquelle elle ne pouvait ni ne voulait lutter. Lorsqu'il s'écarta, le souffle court, les yeux brillant d'un éclat insoutenable, elle chuchota d'une voix tremblante :

— J'espère que ta proposition tient toujours.

— A quel sujet?

— Ta chambre...

Le regard d'Adam se fit encore plus étincelant.

— Seriez-vous en train de me proposer de dormir avec vous, mademoiselle Brett?

— Non.

— Comment ça non?

— J'ai assez dormi pour aujourd'hui, répliqua-t-elle avec un sourire espiègle.

Pour toute réponse, il lui agrippa les épaules et l'embrassa avec une telle ferveur qu'elle fut prise de vertige.

— Je voudrais te prendre dans mes bras et t'emmener dans ma chambre, mais...

— Je suis trop lourde, je sais.

Adam la souleva en riant dans ses bras et la déposa au pied de l'escalier.

— La cage d'escalier est trop étroite pour que je puisse te porter, c'est tout.

— Dans ce cas, je vais marcher... ou plutôt courir.

Gabrielle s'élança sans perdre une seconde. Elle gravit les marches si vite qu'elle aurait perdu l'équilibre en débouchant sur le palier si Adam n'avait été là pour la retenir.

— Doucement, Gabrielle. J'ai envie de toi en un seul morceau.

Il la souleva de nouveau pour la déposer en douceur sur le lit. Ensuite, il s'agenouilla devant elle et entreprit de déboutonner son chemisier.

Pour Gabrielle, le reste de ce déshabillage fut une lente et exquise torture. Les mains d'Adam glissaient sur ses épaules, sa gorge, ses hanches, ses jambes. Ses caresses lui donnaient l'impression de flamber de la tête aux pieds. Et quand sa bouche prit le relais de ses mains sur ce parcours sensuel, elle ne put s'empêcher de pousser un long gémissement.

Sans la quitter des yeux, Adam s'écarta un instant pour ôter ses propres vêtements. Ce regard brûlant qui semblait prendre déjà possession de son corps attisa encore le désir qui la consumait. Elle tendit les bras vers lui avec impatience et lorsqu'il s'allongea sur elle, elle savoura avec délectation le contact de ce corps viril sur le sien. Toutes les fibres de son être répondaient aux caresses des mains expertes... Les lèvres d'Adam traçaient des arabesques sur sa peau satinée, l'enivrant d'effleurements délicieux qui lui arrachèrent des halètements de plaisir. Son cœur battait vite, presque douloureusement dans sa poitrine. En elle monta une vibration intense, un frémissement de tout son être qui la laissa offerte et vulnérable face à cet homme qu'elle découvrait dans toute l'ampleur de la passion.

— Je t'aime, Adam !

Galvanisé par cet aveu, Adam se glissa en elle avec un cri rauque. Il demeura immobile un moment puis, lentement, presque imperceptiblement, il commença à se mouvoir. D'elle-même, Gabrielle épousa le rythme que lui imposait son compagnon dont le regard de feu la transperçait jusqu'au fond de son âme. Il tenta de ralentir leur course pour prolonger leur attente, mais elle se cambra contre lui avec impatience, répétant son nom encore et encore, l'implorant de mettre un terme à sa torture sensuelle. Alors, il cessa de résister et la passion les emporta tous deux dans sa course impérieuse, les faisant parvenir à la volupté suprême.

Lorsqu'ils reprirent leurs esprits, Gabrielle se blottit contre Adam en le dévisageant avec une pointe d'étonnement. Un petit sourire aux lèvres, il se mit à jouer avec ses mèches rousses.

— Pourquoi cet air surpris?

— C'est tellement difficile à croire!

— Quoi donc?

— Que je viens de faire l'amour avec Adam Dysart.

— Ton ennemi juré!

— Plus maintenant... à moins que tu aies mal compris ce qui vient de se passer!

— Comment ça? Il ne s'agit pas d'une aventure d'une nuit?

Gabrielle esquissa un sourire.

— Aurais-je mal interprété un certain aveu? demanda-t-elle.

— Que non!

Elle se serra encore plus étroitement contre lui.

— As-tu dit la même chose à Della et aux autres?

Adam se rembrunit.

— Jamais. Et toi, avec Jeremy?

— Jeremy n'a jamais été mon amant, combien de fois faudra-t-il que je te le répète! Et non, je n'ai jamais dit à quiconque que je l'aimais.

— Pourquoi ça?

— Parce que je n'ai jamais rien ressenti d'aussi fort pour personne.

Adam l'étreignit de toutes ses forces.

— Moi non plus. Puisque tout est clair, si nous parlions de la suite?

Gabrielle se raidit, sur la défensive.

— A quoi penses-tu?

Adam lui posa un doigt sur les lèvres.

— Ecoute.

Gabrielle tendit l'oreille. A part le martèlement de la pluie sur le toit, elle ne perçut que le silence.

— Je n'entends rien, sauf la pluie.

— Justement. Tu tiens vraiment à ce que je te raccompagne par ce temps de chien?

A cette pensée, un frisson parcourut Gabrielle.

— Il faudra bien que je rentre.

Adam parcourut son corps d'une caresse possessive.

— Rien ne t'y oblige. Tu peux dormir ici.

— Ce n'est pas l'envie qui m'en manque.

— Alors reste.

— Je ne peux pas laisser la maison sans personne pendant toute une nuit.

— Pourquoi pas? L'alarme est branchée et la maison illuminée comme un sapin de Noël. Aux yeux de n'importe qui, si tant est que quelqu'un soit tenté de s'aventurer à Hayward sous ce déluge, il ne fera aucun doute que la propriété est habitée.

— Ne me dis pas que tu es prêt à laisser Henrietta seule? le taquina-t-elle.

Une pluie de baisers s'abattit alors sur le visage de Gabrielle.

— Si c'est pour avoir le droit de faire ça et ça pendant toute la nuit, cela ne me pose aucun problème, dit Adam entre deux baisers. Henrietta n'est plus de ce monde depuis belle lurette, mais nous sommes tous les deux bien vivants.

Tout en parlant, Adam fit courir ses mains sur les hanches de sa compagne en une caresse voluptueuse. Vaincue, et ne demandant qu'à l'être, Gabrielle rendit les armes.

En s'éveillant, plusieurs heures plus tard, Gabrielle fut si désorientée, qu'elle mit un moment à se rappeler où elle était. Elle se dressa sur son séant tandis que ses étreintes fiévreuses avec Adam lui revenaient en force. Son regard se posa sur la place vide à côté d'elle. Repoussant les cheveux qui lui encombraient le visage, elle se leva, enfila son chemisier à la hâte et se rendit dans la salle de bains. En regagnant la chambre, elle trouva Adam en peignoir assis au bord du lit en train de boire du champagne.

Il lui tendit une coupe.

— J'ai pensé que l'occasion méritait d'être célébrée.

— A quoi buvons-nous?

— A nous!

— A 3 heures du matin? C'est un peu incongru, monsieur Dysart.

Un sourire sensuel effleura les lèvres d'Adam.

— Mais très agréable.

Glissant un bras autour de la taille de Gabrielle, il l'attira à lui puis éclata de rire quand l'estomac de celle-ci se manifesta bruyamment.

— Ne me dis pas que tu as encore faim!

— J'ai honte! Je ne comprends pas pourquoi mon estomac crie famine dès que je suis avec toi.

— C'est l'amour, que veux-tu! Ainsi que certaines activités d'un genre particulier qui creusent l'appétit. Qu'est-ce qui te tente?

— Ce que tu voudras.

— Je vais voir ce que je peux faire.

Posant sa coupe sur la table de nuit, il s'éclipsa en sifflotant tandis que Gabrielle le suivait d'un regard attendri. Il semblait heureux. Elle aussi, si elle se fiait au reflet que lui renvoyait la glace. Au lieu de l'anxiété qu'elle lisait dans son regard ces derniers temps, il y avait un éclat lumineux qu'elle n'y avait jamais vu. Etait-ce ça, l'amour ? Vous métamorphosait-il d'un coup de baguette magique ? Car elle ne doutait plus, désormais, de ses sentiments pour Adam. Pas après ce qu'ils avaient vécu. Ils n'avaient pas seulement partagé le même éblouissement des sens, ils s'étaient donnés l'un à l'autre dans une communion absolue.

Un sourire aux lèvres, elle remit un peu d'ordre dans le lit. Quand Adam revint, elle était adossée sagement contre les oreillers.

— J'espère que tu aimes le saumon fumé, dit-il en se glissant à côté d'elle. C'est ce qu'il y a de mieux avec le champagne.

— J'adore le saumon fumé !

Tout comme elle aimait cette maison, la chambre, le bonheur de leurs étreintes... et l'homme qui la contemplait intensément.

— A quoi penses-tu ?

— Je me disais que c'était la journée — et la nuit — la plus merveilleuse que j'aie jamais passée.

— C'est vrai ?

— Pour citer quelqu'un que j'apprécie beaucoup, je pense toujours ce que je dis.

En guise de récompense, Adam lui donna un baiser fervent.

Quand ils eurent fini champagne et blinis, Adam reposa le plateau par terre.

— Il est temps de dormir, mon ange.

Elle lui sourit.

— Tu es fatigué ?

— Pas vraiment.

— Moi non plus.

— Je pourrais t'endormir avec une berceuse, mais je chante terriblement faux.

Adam poussa un soupir.

— Et j'ai passé l'âge des histoires au lit, murmura-t-il en déboutonnant son chemisier. Il ne reste plus qu'une solution.

— Laquelle?

Adam se mit à rire, puis il l'enlaça en éteignant la lumière.

— Tu vas voir.

11.

Adam ramena Gabrielle chez elle vers midi. Un soleil éclatant brillait dans le ciel, comme s'il voulait se faire pardonner ses caprices de la veille. Pendant que Gabrielle se changeait, Adam se plongea dans la lecture des journaux qu'ils avaient achetés en route.

Ensuite, elle se lança dans la préparation du déjeuner, faisant mijoter doucement des cuisses de poulet dans du thym, de l'huile d'olive et du citron pendant qu'Adam épluchait pommes de terre et carottes.

Tout en s'affairant, ils parlèrent à bâtons rompus, évoquant leur adolescence, leurs années d'études, leurs bons et leurs mauvais souvenirs. Après le repas, ils se promenèrent pendant des heures dans des sentiers encore mouillés de pluie où les odeurs exacerbées par l'humidité leur montaient à la tête. Ils passèrent la soirée devant la télévision, assis dans le même fauteuil, pelotonnés l'un contre l'autre. Quand Gabrielle s'assoupit sur l'épaule d'Adam, il la réveilla d'une secousse.

— Il est temps d'aller au lit, marmotte. Je me contenterai d'un baiser puisque tu insistes pour rester ici toute seule ce soir... mais je compte bien rattraper le temps perdu demain.

**

La semaine s'écoula sans que Gabrielle voie le temps passer. Pendant la journée, elle peaufinait la restauration du tableau et le soir elle dormait à Friars Wood car Adam refusait qu'elle continue à rester seule à Hayward.

— Mais... le portrait ? avait-elle objecté.

— Nous n'aurons qu'à l'emporter. Je n'ai pas pu fermer l'œil dimanche en te sachant seule ici, alors dorénavant, tu dormiras chez moi.

— Jusqu'au retour de tes parents.

— Je ne vois pas ce que cela changera.

— Je préfère qu'ils s'habituent à moi par degrés avant que...

— Avant que tu ne t'installes avec moi, c'est ça ?

Gabrielle ne put cacher sa surprise.

— C'est ce que tu veux ?

— C'est l'évidence même !

— Comment réagira ta famille ?

— Telle que je la connais, elle se réjouira que j'aie enfin trouvé l'âme sœur. Surtout si c'est toi.

Le lundi suivant, Wayne arriva sans Eddie, au moment où la voiture d'Adam disparaissait en haut du chemin.

— J'ai eu envie de commencer plus tôt, déclara-t-il à Gabrielle. Tu peux me donner les clés de la grange ?

Gabrielle s'exécuta puis mit la bouilloire à chauffer pour prendre un café avant de se mettre à l'ouvrage. Elle buvait la première gorgée quand Wayne surgit en trombe dans la cuisine.

— Le portrait n'est plus là !

Gabrielle leva les yeux au ciel. Trop occupés à s'embrasser, ni elle ni Adam n'avaient pensé au tableau sur la banquette de la voiture.

— Ne t'inquiète pas, c'est Adam qui l'a.

Wayne fronça les sourcils.

— Je croyais que tu devais remettre le cadre aujourd'hui.

— C'est le cas. Adam l'a emporté par mégarde. Je vais l'appeler pour qu'il le rapporte.

Wayne retournait vers la porte quand il s'exclama d'un ton froid :

— Inutile, le voilà qui arrive.

— Parfait. Va ouvrir la grange.

Lorsque Adam fit son apparition quelques minutes plus tard, il esquissa un sourire confus.

— Désolé! J'avais complètement oublié le portrait... D'ailleurs, Wayne n'a pas l'air de prendre très bien la chose.

— Je sais. L'ambiance promet d'être glaciale aujourd'hui.

— Je t'avais bien dit qu'il avait le béguin pour toi. S'il y a le moindre problème, n'hésite pas à me téléphoner, je réglerai la question.

— Cela ne servirait qu'à envenimer la situation. Je finirai bien par l'amadouer, rassure-toi, mais je vais attendre l'arrivée d'Eddie avant de me mettre au travail.

Adam l'attira dans ses bras.

— Tu vas me manquer atrocement. Tu es sûre de ne pas vouloir venir ce soir?

— Tes parents se réjouissent sûrement de t'avoir pour eux tout seuls. Et puis, cela te fera du bien de te coucher de bonne heure. Les nuits ont été courtes, dernièrement.

— Ce serait une perte de temps de dormir quand tu partages mon lit.

Gabrielle le remercia d'un baiser.

— Demain, tu pourras emporter Henrietta pour de bon.

Comme Gabrielle le redoutait, l'atmosphère se révéla réfrigérante, malgré les efforts d'Eddie pour la détendre. A midi, Gabrielle se réfugia dans la maison pour grignoter son sandwich, soulagée d'échapper aux œillades accusatrices de Wayne. Lorsqu'elle retourna dans la grange, elle demanda à Eddie d'aller chercher le tableau qu'elle avait délaissé pour le Singleton.

Dès qu'elle fut seule avec Wayne, elle passa à l'attaque.

— Peux-tu m'expliquer ce qui se passe, Wayne?

— De quoi parles-tu? riposta-t-il avec hostilité.

— Ne fais pas l'innocent ! Vide ton sac.

Wayne détourna les yeux avec embarras.

— Eh bien, je... j'ai promis à ton père de veiller sur toi pendant son absence. J'ai eu un choc en découvrant que le portrait avait disparu, ce matin.

— Surtout quand tu as su qu'il était dans la voiture d'Adam, avoue ! Ce tableau lui appartient, dois-je te le rappeler ?

— Et toi ? Tu lui appartiens aussi ?

Un silence de plomb suivit ces paroles.

— Quand mon père t'a demandé de veiller sur moi, il ne songeait pas à ma vie privée. C'est clair ?

Eddie revint à cet instant et pila net en les voyant dressés face à face.

— C'est une dispute privée ou je peux entrer ?

— Nous venons juste de finir une petite mise au point, répliqua Gabrielle. Au travail, maintenant !

Mais en réalité, Gabrielle ne se sentait pas tellement d'ardeur à l'ouvrage. L'après-midi lui parut interminable et elle accueillit avec joie le départ de ses assistants.

Adam appela pour confirmer que ses parents étaient bien rentrés.

— Wayne a été odieux toute la journée, déclara-t-elle.

— Il ne tient qu'à toi que j'intervienne, Gabrielle.

Il poussa un long soupir.

— Si tu savais comme tu me manques. Je viendrai chercher le tableau à la première heure, demain.

— Après l'arrivée d'Eddie et de Wayne, s'il te plaît. Je n'ai pas envie d'affronter une deuxième journée comme celle-là !

Après le dîner, Gabrielle téléphona à ses parents.

— Ton père est en pleine forme, déclara Laura. Aujourd'hui, nous avons marché des kilomètres.

— Pas de disputes ?

— Aucune. Nous nous entendons à merveille.

— Tant mieux. J'ai terminé le Singleton, au fait.

— Dans ce cas, je te passe ton père. Il voudra sûrement connaître tous les détails.

Après une longue conversation avec Harry, Gabrielle demanda à parler de nouveau à sa mère.

— Je pense que cela te fera plaisir de savoir qu'Adam et moi sommes devenus très proches, maman.

— Seulement très proches ?

— Bon, si tu préfères, disons que je suis follement amoureuse de lui. Contente ?

— Très, mais uniquement parce que tu l'es, ma chérie.

Gabrielle travaillait en compagnie de ses assistants depuis une bonne demi-heure quand la voiture d'Adam se gara devant la grange. En sortant pour l'accueillir, elle s'aperçut qu'il n'était pas seul. Un homme grand aux tempes grisonnantes émergea du véhicule et se dirigea vers elle, la main tendue.

— Bonjour, Gabrielle. Tom Dysart. Vous avez bien changé depuis la dernière fois que je vous ai vue.

Adam enlaça tendrement les épaules de la jeune femme.

— Tu étais haute comme trois pommes et tu avais des couettes, si j'ai bien compris. Bonjour, mon amour. Bien dormi, cette nuit ?

Les joues en feu, Gabrielle répliqua :

— Très bien. Je suis désolée, je ne me souviens absolument pas de vous, monsieur Dysart.

— Appelez-moi Tom, je vous en prie. Comment va votre père ?

— Beaucoup mieux. Les promenades et la cuisine de ma mère lui réussissent, apparemment.

— Je m'en réjouis. A propos de cuisine, ma femme m'a prié de vous inviter à dîner, ce soir.

Prise au dépourvu, Gabrielle adressa un coup d'œil paniqué à Adam.

— Merci beaucoup. C'est très gentil de sa part.

— En fait, elle meurt de curiosité, s'esclaffa Adam. Elle a lancé son invitation dès que je lui ai parlé de toi.

— Cela me fera grand plaisir de venir, dit-elle en forçant un peu la vérité.

— Je passerai te prendre vers 7 heures. A présent, occupons-nous d'Henrietta.

Eddie apporta le tableau que Tom examina avec attention sous le regard anxieux de Gabrielle.

— C'est une merveille, Adam! J'ai rarement vu une femme aussi belle.

— De quelle sœur parlez-vous? s'enquit Gabrielle.

— De celle qui a les yeux bleus.

— Violets, rectifia Adam.

Celui-ci couvait Henrietta d'un œil si possessif que Gabrielle ressentit une bouffée de jalousie.

— Tu en espères quel prix? demanda Tom pendant que son fils rangeait le tableau dans la voiture.

— J'ai appelé John chez Sotheby's pour lui demander de tâter le terrain discrètement. Il doit me donner le résultat de ses recherches aujourd'hui.

Lorsque la voiture disparut dans le chemin, Gabrielle retourna dans la grange, le cœur lourd. Elle ne se sentait pas la force d'affronter une nouvelle crise d'hostilité de la part de Wayne.

A sa grande stupeur il la gratifia d'un grand sourire et proposa de préparer du café.

— Je suis désolé pour hier, murmura-t-il d'un air gêné. Je n'avais pas compris que les choses étaient si sérieuses entre Adam et toi.

— Oublions ça et allons prendre ce café.

La perspective de sa rencontre avec Frances Dysart tourmenta Gabrielle toute la journée. A l'évidence, Adam avait informé ses parents de leurs relations et, malgré la gentillesse que lui avait témoignée son père, elle appréhendait le dîner qui l'attendait. Les mères pouvaient se montrer possessives et Adam était l'unique fils de Frances.

L'estomac noué par l'anxiété, elle mit des heures à se préparer. Après avoir longuement hésité, elle choisit sa robe rose et se coiffa avec un chignon sévère. Quand Adam arriva, elle l'accueillit sans cacher sa nervosité.

— Je suis bien?

— Non.

D'un geste rapide, Adam dénoua le chignon. La cascade rousse ruissela sur les épaules de Gabrielle.

— C'est beaucoup mieux comme ça. Pourquoi cette coiffure à la Jane Eyre?

— Je voulais faire bonne impression à ta mère.

— Mon père était très impressionné malgré la salopette et la casquette.

— Avec une mère, ce n'est pas pareil.

Il l'étreignit à l'étouffer.

— Ne dis pas de bêtises. Je t'aime, c'est la seule chose qui compte. Dis-moi, est-ce que je t'ai manqué autant que tu m'as manqué?

— Terriblement.

— Montre-moi à quel point.

Gabrielle l'embrassa alors avec tant de fougue qu'Adam dut mettre fin à leur étreinte.

— Arrêtons-nous avant d'aller trop loin. Mes parents doivent s'impatienter.

Il entraîna la jeune femme vers la voiture.

— Je suis morte de trac, murmura-t-elle en s'installant.

— Veux-tu annuler en prétextant une migraine?

— Sûrement pas. Mais imagine que ta mère me prenne en grippe au premier coup d'œil?

— Tout se passera bien, fais-moi confiance.

Au grand soulagement de Gabrielle, il avait raison.

A leur arrivée, deux golden retrievers se jetèrent sur Adam en aboyant joyeusement.

— Je te présente Pan et Marzipan, les chiens de Fanny. Les parents les avaient laissés en pension pendant leur séjour en Toscane.

— Empêche Pan d'abîmer cette jolie robe ! cria une voix féminine.

Une femme grande, mince et bronzée, se dirigea vers eux en souriant. Ses cheveux gris avaient dû être aussi noirs que ceux de son fils, autrefois, mais ses yeux chaleureux étaient aussi sombres.

— Bienvenue à Friars Wood, Gabrielle. Adam m'a raconté les miracles que vous aviez accomplis sur son tableau. Votre père va mieux, paraît-il ?

— D'après ma mère, il se porte comme un charme, en effet.

— Voilà qui doit vous faire plaisir. Suivez-moi, je vous montre le chemin.

Rassurée par l'affabilité des parents d'Adam, Gabrielle sentit son appréhension se dissiper et fit la conquête de Frances dès qu'elle accepta de regarder les photos de ses petits-enfants.

— Pas trop d'enthousiasme, la prévint Tom avec humour. Au moindre signe d'encouragement, vous aurez droit à l'album tout entier.

Pendant le dîner, la conversation s'orienta naturellement sur la vente dont l'exposition avait lieu le lendemain.

— D'après Adam, le Singleton était dans un état effroyable quand il vous l'a apporté, dit Tom. Vous avez hérité du talent exceptionnel de votre père.

Pour toute réponse, Gabrielle prit dans son sac la photo qu'elle avait prise avant la restauration. Tom la considéra avec incrédulité.

— Vous plaisantez ! Il ne s'agit pas du même tableau !

— Que cachait la partie que l'on ne voit pas ? demanda Frances.

— La sœur de l'héroïne et le reflet de leur amant dans un miroir.

— « Leur » amant ! Tout ça m'a l'air assez malsain, non ?

Adam fit un récit succinct des mésaventures d'Henrietta avant d'évoquer leur visite à Mlle Scudamore.

— Si mon cœur n'appartenait pas à une autre, j'aurais pu facilement tomber amoureux d'Henrietta.

Tom échangea un regard amusé avec Frances.

— Il me semble que beaucoup de choses se sont passées pendant notre absence, observa cette dernière.

— Beaucoup, confirma Adam.

Plus tard, tandis qu'il raccompagnait la jeune femme, il l'interrogea du regard.

— Ça s'est plutôt bien passé, non ?

— Très bien. Tes parents sont adorables.

— A mon avis, le sentiment est réciproque. Je te préviens, dès que la vente sera terminée, j'ai l'intention d'officialiser nos relations.

— Qu'as-tu en tête, exactement ?

— Ce que tu veux, du moment que cela signifie un engagement exclusif et permanent.

Une fois à Hayward, Adam la prit dans ses bras et l'embrassa longuement.

— Je mourais d'envie de te demander de passer la nuit avec moi, mais j'ai pensé que cela te déplairait.

— Tu sais bien que non, mais je crois qu'il faut laisser tes parents s'habituer à moi.

— A mon avis, ils t'ont déjà adoptée. Veux-tu que je t'accompagne dans ta chambre ?

— Non, je vais prendre une tasse de thé avant de monter. Appelle-moi quand tu seras chez toi, je serai probablement couchée.

— Mais pas avec moi, hélas.

Au moment où Gabrielle s'apprêtait à se glisser dans son lit, son téléphone portable se mit à sonner.

— Enfin ! s'écria la voix familière de Jeremy. Tu ne consultes jamais tes messages sur ta boîte vocale ?

— Désolée, je viens juste de rentrer.

— Je parie que tu étais avec le mystérieux Adam.

— Tout juste !

— Femme de peu de foi ! Tu n'as pas oublié que je venais pour la vente, j'espère ?

— Bien sûr que non ! Tu descends au Chesterton ?

— Comment as-tu deviné ?

— C'est l'hôtel le plus luxueux de la ville. Exigeant comme tu l'es, tu pouvais difficilement en choisir un autre.

Jeremy éclata de rire.

— La cuisine est bonne ?

— Aucune idée.

— Dans ce cas, nous irons tester le restaurant le soir de la vente.

— Cela t'ennuierait beaucoup si je refusais ?

Un long soupir se fit entendre.

— A cause d'Adam, je suppose ? Il risquerait de prendre mal la chose ?

— Oui. Pourquoi ne viens-tu pas à l'exposition, demain ?

— Je suis débordé. Tu ne veux pas changer d'avis pour le restaurant ?

— Je crains que non.

— Si je comprends bien, tout est fini entre nous ?

— Tu seras toujours mon ami, Jeremy.

— Tu as intérêt !

Elle venait de couper la communication quand Adam téléphona.

— J'ai oublié de te dire que je ne sais pas à quelle heure finira l'exposition, demain. Je risque d'être occupé très tard. Tu viendras ?

— J'ai trop de travail, malheureusement. Je me contenterai d'assister à la vente. Tu passeras me voir avant de rentrer à Friars Wood ?

— La question est superflue, ma belle !

*

La journée du lendemain s'écoula selon la routine habituelle.

Après sa douche, Gabrielle décida de préparer à dîner pour Adam. Elle examinait le contenu de son réfrigérateur quand on frappa à la porte. Le cœur en fête, elle se précipita pour ouvrir, mais son sourire s'évanouit quand elle reconnut son visiteur.

— Que fais-tu ici, Jake? demanda-t-elle, furieuse de voir débarquer son ancien patron.

12.

Jake Trent esquissa un petit sourire odieux.

— Tu es seule, Gaby?

Gabrielle le toisa sans aménité.

— Pour l'instant, oui, mais j'attends quelqu'un d'un instant à l'autre. Que veux-tu?

— J'ai fait un long trajet pour t'apporter l'argent que je te dois. Tu ne m'invites pas à entrer?

Malgré sa réticence, Gabrielle s'effaça pour le laisser entrer. Les mains dans les poches, Jake Trent déambula dans la cuisine en fronçant les sourcils.

— Pas très confortable comme maison, dis-moi.

— Elle me plaît, c'est le principal.

— Comment se porte ton père?

— Comme un charme.

— Toi aussi, tu sembles aller bien. Tu es même resplendissante, ma chère Gaby.

— Ne m'appelle pas comme ça!

Jake Trent eut un petit rire de gorge.

— Ta démission me désole. Es-tu certaine de vouloir t'enterrer dans ce trou? Si tu changes d'avis, tu seras toujours la bienvenue dans notre atelier.

— Trop aimable, mais ma décision est irrévocable, répliqua-t-elle d'un ton acide.

Gabrielle ne cherchait pas à déguiser son hostilité. Que

cet individu sournois et hypocrite ose se présenter à Hayward la mettait hors d'elle.

— Pourquoi t'es-tu déplacé ? Tu aurais pu effectuer un versement à ma banque.

— Cela m'aurait privé du plaisir de te revoir. Tu m'offres un verre ?

— Je viens de te dire que j'attendais quelqu'un.

— Quel sens de l'hospitalité ! Jeremy m'a touché un mot d'une vente intéressante chez Dysart. S'agirait-il d'un tableau que tu as restauré, par hasard ?

— Oui.

— De quoi s'agit-il ?

— Si tu assistes à la vente, tu le sauras.

— Voyons, Gabrielle ! Tu peux confier un petit secret à un vieil ami, non ?

— Tu n'as jamais été mon ami, rétorqua-t-elle avec colère. Et si c'est l'argent que tu me dois qui t'amène ici, garde-le. J'accepte volontiers de perdre deux mois de salaire pour te voir partir.

Un éclair de fureur embrasa le regard de Jake tandis qu'il avançait vers elle d'un air déterminé. Affolée par la lueur malveillante qui brillait dans ses yeux, Gabrielle battit en retraite. Son odieux sourire aux lèvres, Jake continua sa progression jusqu'à ce qu'elle bute contre la table.

— Nous n'en avons pas fini tous les deux. Croyais-tu vraiment pouvoir m'échapper en prenant la fuite ?

Sur ces mots, Gabrielle chercha à s'esquiver. En vain. Jake la plaqua sans douceur contre lui. Quand sa bouche écrasa la sienne avec sauvagerie, un violent frisson la traversa. Frisson de dégoût, de peur, d'impuissance... Dans un sursaut désespéré, elle voulut se libérer, mais il la renversa sur la table et pesa sur elle de tout son poids pour l'empêcher de bouger et entreprit de la dévêtir sans cesse de l'embrasser. Comprenant qu'elle n'était pas de taille à lutter, Gabrielle s'obligea à demeurer impassible, ce qui accrut la satisfaction de son agresseur.

— C'est ça, Gaby! Ne bouge pas et savoure.

Malgré la nausée qui lui soulevait le cœur, elle lui glissa un bras derrière la nuque, en se forçant à lui rendre son baiser. De sa main libre, elle chercha à tâtons le lourd cendrier en onyx que personne n'utilisait plus depuis que Harry avait cessé de fumer. Quand Jake s'attaqua à la ceinture de son pantalon, elle lui donna un violent coup de genou au point sensible tout en le frappant avec le cendrier sur le haut du front.

Courbé en deux par la douleur, il porta la main à sa tête.

— Espèce de garce!

Le visage crispé par la colère, Gabrielle se leva d'un bond.

— Sors d'ici ou j'appelle la police!

Il se redressa en chancelant et contempla le sang qui maculait sa main. Glaciale, elle lui tendit un paquet de mouchoirs en papier.

— Tu survivras, malheureusement. Maintenant, dehors!

— Comment veux-tu que je conduise dans cet état?

— Ça, mon cher, c'est ton problème.

Là-dessus, elle le poussa par les épaules et le jeta dehors en lui claquant la porte au nez. Ensuite, elle s'effondra sur une chaise, la tête enfouie dans les mains, tremblant de la tête aux pieds. Un moteur gronda dans la cour. Par la fenêtre, elle aperçut la Porsche de son ancien patron qui s'éloignait dans le chemin.

Le cœur au bord des lèvres, elle se rua dans sa chambre, arracha ses vêtements et se plongea dans un bain brûlant en espérant être d'aplomb quand Adam arriverait.

Vers 9 heures, elle était remise du choc, mais Adam n'avait donné aucun signe de vie. Folle d'inquiétude, elle composa son numéro de téléphone chez lui. Personne. Elle laissa un message puis essaya de le joindre sur son portable sans plus de succès. En désespoir de cause, elle téléphona à Friars Wood et tomba sur Frances qui croyait qu'Adam était avec elle.

— Il doit s'agir d'un quiproquo. Il va certainement vous appeler.

Gabrielle attendit en vain pendant des heures. Elle laissa une multitude de messages sur le répondeur d'Adam et ne ferma pas l'œil de la nuit, rongée par l'angoisse.

Le lendemain, une migraine abominable lui martelait les tempes. C'est à peine si elle put esquisser un sourire quand Eddie et Wayne se présentèrent pour prendre les clés.

— Vous pouvez vous débrouiller sans moi, aujourd'hui ? dit-elle d'une voix misérable.

— Tu as une mine épouvantable, Gabrielle. Que se passe-t-il ?

— Une migraine.

— Retourne te coucher, nous nous occupons de tout.

Gabrielle suivit ce sage conseil et se retira dans sa chambre munie de son portable dans l'espoir qu'elle pourrait joindre Adam avant son départ pour la salle des ventes. Une fois de plus, elle tomba sur le répondeur et composa le numéro des parents d'Adam. Frances l'informa qu'Adam avait dormi à la salle des ventes, comme cela lui arrivait souvent avant une vente importante.

— Il a dû oublier de vous prévenir, dit-elle, un peu étonnée. Il devrait être à son bureau. Essayez là-bas.

Chez Dysart, hélas, elle s'entendit dire qu'Adam avait donné des instructions spécifiant qu'il n'était disponible pour personne jusqu'à la fin de la vente.

Il fallut une bonne heure à Gabrielle pour se rendre à l'évidence. Pour une raison qu'elle ignorait, Adam ne voulait plus la voir. Effondrée, elle sanglota à fendre l'âme jusqu'à ce que ses larmes se tarissent. Comme elle grelottait, elle fit couler un bain. Au moment où elle s'apprêtait à y entrer, le téléphone sonna en bas. Le temps de s'envelopper dans une serviette et de dévaler l'escalier, il était trop tard. En revanche, le voyant des messages clignotait. Elle pressa le bouton d'une main fébrile et reconnut la voix de Jeremy.

— Je ne pourrai pas venir demain, Gabrielle. J'ai attrapé un rhume épouvantable. En plein mois de juin, tu te rends compte ! J'enverrai un de mes assistants qui me fera suivre les enchères par téléphone. Je te rappellerai. A bientôt.

Gabrielle se laissa tomber sur une chaise, affreusement déçue. Elle se réjouissait de se rendre à la vente en compagnie de Jeremy. Y aller seule, sans pouvoir parler à Adam, ne lui disait rien qui vaille.

La mort dans l'âme, elle prit son bain et se recoucha.

Vers midi, elle descendit au moment où Wayne venait pour prendre de ses nouvelles.

Il considéra son visage blême d'un air soucieux.

— Comment te sens-tu ?

— Mieux.

— Ça ne se voit pas.

— Parce que je ne suis pas maquillée.

— Tu ne te maquilles jamais pour travailler. Veux-tu que je prépare du thé ?

— Oui, merci.

Une idée lumineuse traversa soudain l'esprit de la jeune femme.

— Si tu m'accompagnais à la vente avec Eddie ?

— Je croyais qu'un de tes amis de Londres venait exprès ?

— Il vient d'annuler et cela ne me dit rien d'y aller seule.

Pour une fois, ils fermèrent l'atelier à midi. Wayne et Eddie repartirent chez eux pour se changer puis revinrent chercher Gabrielle. Elle les attendait, pâle mais calme dans un tailleur strict.

— Tu es magnifique, déclara Wayne. Comment va ta tête ?

— Ce n'est pas brillant. Je préfère te laisser le volant.

Une fois à la salle des ventes, ils se montrèrent pleins d'attention à son égard et elle leur en fut très reconnaissante. Les assistants de son père étaient de braves garçons, décidément!

Parmi la foule élégante qui se pressait dans le hall, Gabrielle reconnut plusieurs piliers de galeries londoniennes ainsi que quelques antiquaires réputés. A son grand soulagement, elle ne vit aucun signe de Jake Trent.

Tous trois s'assirent l'un à côté de l'autre. Ni Adam ni son père n'étaient en vue. En revanche, elle aperçut Reg Parker. Vêtu d'une blouse blanche, il installa un chevalet sur lequel deux manutentionnaires posèrent le Singleton avec d'infinies précautions.

Un brouhaha d'excitation parcourut la salle. Eddie donna un coup de coude à Gabrielle.

— Tout le monde cherche la description dans le catalogue, dit-il en riant.

— Adam en donnera une verbalement, souffla Wayne.

Les nerfs tendus à se rompre, Gabrielle guettait l'apparition d'Adam. A sa grande déception, ce fut Tom Dysart qui entama les enchères en commençant par le mobilier et la vaisselle.

Sa gorge se serra quand elle reconnut le présentoir à vin qu'Adam avait rapporté de Londres. Tout la ramenait à Adam et à son inexplicable silence. Elle avait beau échafauder mille hypothèses, elle ne parvenait pas à comprendre.

Lorsque le dernier meuble fut vendu, Tom Dysart s'effaça pour laisser la vedette à son fils. Comme son père, Adam portait un costume sombre à la coupe impeccable, mais il avait les traits tirés et ses cernes n'avaient rien à envier à ceux qui soulignaient les yeux de Gabrielle.

— Tu crois que les migraines sont contagieuses? murmura Wayne. Adam a encore moins bonne mine que toi.

Pour toute réponse, Gabrielle lui adressa un coup d'œil sévère et reporta son attention sur Adam. Il mena la vente avec la virtuosité d'un chef d'orchestre. Chaque tableau dépassa de loin le prix de départ. L'une après l'autre, les toiles furent décrochées du mur. Au fur et à mesure que se rapprochait l'échéance du Singleton, Gabrielle sentit sa tension monter.

Enfin, on enleva le tableau du chevalet.

— C'est à nous, chuchota Eddie, surexcité.

— Ce tableau est arrivé trop tard pour figurer au catalogue, annonça Adam avec un sourire, mais il m'a semblé dommage de laisser ces deux superbes dames enfermées dans une chambre forte en attendant la prochaine vente. Il s'agit d'Henrietta et Laetitia Scudamore, du Manoir de Pembridge. Ce tableau est catalogué dans le registre de la famille Scudamore comme étant un double portrait exécuté par Richard Singleton en 1821. Jusqu'à aujourd'hui, il n'a jamais été exposé au public : oublié dans un grenier depuis son exécution, il vient d'être restauré.

Le regard d'Adam croisa fugitivement celui de Gabrielle. Un regard qu'elle interpréta comme glacial et hostile.

— Vous vous êtes disputés ? dit Wayne.

Pour toute réponse, Gabrielle haussa les épaules avec lassitude en posant un doigt sur ses lèvres. Adam expliqua que Singleton était mort trop jeune pour atteindre la même notoriété que William Etty ou celle de son maître, Thomas Lawrence. Tandis qu'il parlait, plusieurs personnes se mirent à chuchoter avec fébrilité dans leur téléphone portable. Parmi elles, la jeune femme repéra un des assistants de Jeremy.

Adam expliqua ensuite l'histoire du portrait en insistant sur la relation de Benjamin Wallis avec les deux sœurs.

— Ce tableau pourrait s'intituler *Etude sur l'infidélité*, conclut-il, la mine sévère.

Les enchères commencèrent. Les offres des antiquaires

de la région furent vite dépassées. Bientôt, ne restèrent plus en lice que deux amateurs d'art londoniens ainsi que les correspondants avec lesquels les employés de Dysart étaient suspendus au téléphone. La somme finale proposée par l'un de ces derniers qui tenait à conserver l'anonymat atteignit un tel sommet que Gabrielle réprima un cri de justesse tandis qu'Adam abattait son marteau.

Wayne et Eddie ne tenaient pas en place. Mais Gabrielle reconnut les signes avant-coureurs d'une nouvelle et douloureuse migraine.

— Vous pouvez me ramener maintenant ? chuchota-t-elle d'une voix pressante.

— Tu ne veux pas féliciter Adam ? s'exclama Wayne.

Oh ! si, plus que tout au monde. Le seul problème, c'est qu'il n'y tenait pas, lui.

— Je ne me sens pas bien. Encore une migraine...

— Tu es livide, en effet, déclara Eddie. Bon, filons avant la ruée.

Sur le chemin du retour, les deux garçons ne parlèrent que de la vente. Heureuse d'avoir un prétexte pour se taire, Gabrielle se mura dans le silence.

A peine fut-elle entrée dans la maison qu'une nausée la précipita vers les toilettes. Lorsqu'elle revint dans la cuisine, ses deux assistants avaient préparé du thé.

— Je suis désolée, murmura-t-elle en s'asseyant sur une chaise.

— Tu devrais prendre un médicament, conseilla Wayne.

— Je suis incapable d'avaler quoi que ce soit.

— Si tu montais dans ta chambre ? Nous pouvons te porter un plateau avec la théière.

Gabrielle accepta avec gratitude. Quand elle fut couchée, Eddie et Wayne lui apportèrent du thé, de l'aspirine et son téléphone portable puis s'apprêtèrent à se retirer.

— Si tu veux, on peut rester encore un peu, proposa Eddie.

— Merci, ça ira. Je vous revaudrai ça. Pouvez-vous allumer les lumières partout avant de partir ?

— Nous glisserons la clé sous la porte après avoir fermé. N'hésite pas à téléphoner en cas de problème.

Après leur départ, Gabrielle laissa libre cours aux larmes qu'elle refoulait depuis qu'Adam l'avait dévisagée avec tant de froideur à la vente. Lorsqu'elle fut calmée, elle but une tasse de thé tiède, avala deux aspirines et essaya de dormir. Elle commençait à s'assoupir quand la sonnerie du téléphone la fit sursauter.

— Gabrielle ? fit la voix d'Adam. Wayne m'a appelé pour me dire que tu étais malade.

En reconnaissant le timbre familier, Gabrielle se réveilla tout à fait.

— Une migraine, annonça-t-elle.

— As-tu pris quelque chose ?

— Oui.

Pour son mal de tête, du moins. Pour le reste, elle doutait qu'il existe un médicament.

— Tu es seule ?

— Oui. Eddie et Wayne sont partis.

— Je faisais allusion à Jeremy.

— Jeremy ?

— Ton ami qui n'a jamais été ton amant, précisa Adam d'un ton ironique.

— Il n'a pas pu venir.

— Alors qui était l'individu avec qui tu faisais l'amour, bon sang ?

Un froid glacial s'insinua dans les veines de Gabrielle. Il l'avait vue avec Jake Trent, il n'y avait pas d'autre explication.

— Je n'ai jamais...

— Ne me prends pas pour un crétin ! J'ai été témoin de la scène. Tu étais tellement « occupée » que tu ne m'as pas vu arriver. Ni partir, d'ailleurs...

— Laisse-moi t'expliquer, Adam.

— Inutile de te donner cette peine. Je n'aime pas partager, tu te souviens ?

Il y eut un court silence puis il reprit d'une voix chargée d'émotion :

— Si tu avais une liaison, pourquoi as-tu fait l'amour avec moi ?

Blessée et furieuse qu'il refuse de l'écouter, Gabrielle éprouva le besoin de lui rendre la monnaie de sa pièce.

— Je me sentais des obligations à ton égard à cause de l'argent que tu avais prêté à mon père.

Prise d'un nouvel accès de nausée, elle reposa le combiné et se rua vers la salle de bains. Lorsqu'elle revint dans la chambre, Adam avait raccroché.

A présent qu'elle avait le fin mot de l'histoire, sa fierté reprenait le dessus. Il n'était pas question qu'elle supplie un homme, fût-il Adam. Et si elle regrettait le mensonge qu'elle avait lancé par dépit, de toute façon le démentir ne changerait en rien la mauvaise opinion qu'il avait d'elle. Mais elle maudit le destin qui avait voulu qu'il assiste à l'agression de Jake Trent et parte avant qu'elle ait repoussé ce dernier.

Quand sa mère appela, elle donna le change et alla même jusqu'à vanter les talents de commissaire-priseur d'Adam. Ensuite, elle demeura allongée sur son lit, triste comme jamais.

En arrivant, le lendemain, Wayne déclara :

— J'espère que tu ne m'en voudras pas, Gabrielle, mais j'ai prévenu Adam, hier soir. Il a téléphoné ?

— Oui.

— Tu as l'air mieux, ce matin.

— C'est le cas, mais autant que tu saches que tout est fini entre Adam et moi. Comme je suis un peu secouée, j'ai besoin de me changer les idées. Cela vous ennuie si je ne travaille pas aujourd'hui ?

— Tu sais bien que non. J'espère que mon intervention n'a pas fait empirer la situation.

— Loin de là. Tu m'as rendu un fier service. Si je ne suis pas revenue à 17 h 30, fermez tout.

— Et si on téléphone ?

— S'il s'agit d'un client, notez la commande, s'il s'agit de quelqu'un d'autre... Dites que je ne suis pas disponible.

Le chemin lui parut très long sans Adam. Elle dut s'arrêter à plusieurs reprises pour consulter une carte, mais elle finit par retrouver le chemin du Manoir de Pembridge.

Dans le hall, la fidèle Mme Palmer montait la garde.

— Bonjour, madame. Gabrielle Brett, j'ai appelé ce matin pour annoncer ma visite.

— Mlle Scudamore vous attend.

Henrietta accueillit Gabrielle avec chaleur et la guida aussitôt vers le salon.

— Comme c'est gentil de passer me voir ! Comment se porte Adam ?

— Je l'ignore. Nous avons rompu.

— C'est bien dommage.

Gabrielle sortit deux photos de son sac.

— Je ne suis pas venue pour vous ennuyer avec mes affaires de cœur, mais pour vous apporter les clichés du double portrait avant et après restauration.

La vieille dame étudia les photos avec attention.

— Vous avez fait un travail étonnant. Je suis impressionnée.

— Merci, dit Gabrielle en souriant. Gardez les photos si cela vous fait plaisir, j'en ai d'autres. Connaissez-vous le montant que le tableau a atteint ?

Mlle Scudamore hocha la tête en souriant.

— Adam m'a appelée pour me le dire, hier. Si ce Singleton atteint des prix aussi faramineux, à combien estimeriez-vous mon Lawrence ?

— Il a sûrement beaucoup de valeur, mais je suis incapable de vous donner un montant précis.

Sur ce, Gabrielle sortit une bouteille de champagne de la glacière qu'elle avait apportée.

— J'ai voulu fêter ça avec vous. J'espère que vous aimez le champagne.

— J'en raffole ! Quelle bonne idée !

Peu après, une jeune femme entra pour dresser la table près d'une fenêtre.

Le repas fut un régal de légèreté qui se termina sur des fraises à la crème juteuses et savoureuses.

— Pour quelle raison êtes-vous venue me voir ? demanda la vieille dame lorsqu'on servit le café.

— J'avais promis de revenir, mais j'avais également besoin de prendre un peu le large, je dois l'avouer.

— Vous vous êtes disputée avec Adam, c'est ça ?

Gabrielle acquiesça en silence.

— Vous voulez m'en parler ?

— Cela ne vous ennuie pas ?

— Au contraire, je serais très honorée de votre confiance.

Gabrielle raconta sa rencontre avec Adam, leurs relations orageuses au départ puis la façon dont, sans s'en rendre compte, elle était tombée éperdument amoureuse.

— Je l'aime plus que tout au monde. Et il dit m'aimer aussi, sinon...

— Sinon, vous n'auriez jamais accepté de devenir sa maîtresse, c'est ça ? acheva la vieille dame.

— En effet.

— Alors, pourquoi ressemblez-vous à un fantôme aujourd'hui ?

Gabrielle s'expliqua.

— J'espère qu'Adam a cassé la figure de ce scélérat ! s'exclama Mlle Scudamore.

— Hélas, non. Il est parti avant que je repousse mon agresseur.

— Comment a réagi Adam quand vous lui avez tout raconté ?

— Il refuse de m'écouter et il n'est pas question que je le supplie. J'ai ma fierté.

Mlle Scudamore la dévisagea d'un air soucieux.

— La fierté est une piètre compagne de lit, Gabrielle. Trouvez le moyen de vous réconcilier avec Adam.

— Vous l'appréciez beaucoup, n'est-ce pas ?

— Vous aussi, je vous apprécie et je suis certaine que vous êtes faits l'un pour l'autre, alors ne laissez pas l'orgueil gâcher votre bonheur.

— Est-ce pour cette raison que vous ne vous êtes jamais mariée ?

La vieille dame secoua la tête avec tristesse.

— J'avais un succès fou dans ma jeunesse, mais j'attendais le grand amour, alors je refusais toutes les demandes en mariage. A vingt-huit ans, j'ai rencontré l'homme de ma vie, un officier d'artillerie. Ç'a été un coup de foudre réciproque. Nous nous sommes fiancés en 1939. Matthew a insisté pour attendre la fin de la guerre avant de nous marier, mais nous sommes devenus amants.

— Que lui est-il arrivé ?

— Il est mort à Dunkerque.

— Et vous n'avez rencontré personne d'autre, après ça ?

— Si, mais je n'aurais jamais voulu ternir les quelques mois exaltants que j'ai vécus auprès de Matt en épousant un autre homme. Votre Adam m'a fait penser à lui : même physionomie, mêmes cheveux noirs et surtout même capacité à charmer tout ce qui l'entoure. Suivez mon conseil, Gabrielle. Ne laissez pas Adam vous échapper parce qu'il est trop jaloux pour écouter votre explication.

— Vous croyez qu'il est jaloux ? s'écria Gabrielle, sidérée.

— C'est l'évidence même ! Il vous a trouvée dans les bras d'un autre homme. Comment vouliez-vous qu'il réagisse ?

— En m'écoutant, dit Gabrielle en refoulant ses larmes.

— Eh bien, débrouillez-vous pour y arriver. Vous ne pouvez pas faire semblant de le rencontrer par hasard ?

— A moins de faire le siège de la salle des ventes, non.

— Promettez-moi d'essayer.

Gabrielle promit.

En fin d'après-midi, elle reprit la route, fatiguée mais

moralement ragaillardie. Sa conversation avec Henrietta lui avait permis de prendre du recul. Restait à trouver le moyen de tenir sa promesse...

Quand elle rentra à Hayward, il y avait un message de Jeremy sur son répondeur. Il s'extasiait sur le prix atteint par le Singleton.

— Préviens-moi avant les vautours la prochaine fois qu'une occasion pareille se représente, concluait-il. Les amis avant tout !

Gabrielle hésita à appeler Adam dans la foulée puis décida de s'accorder un répit jusqu'au lendemain. Et s'il demeurait intraitable, elle dirait à son père de chercher un autre associé et rentrerait à Londres.

A son grand étonnement, elle passa une soirée relativement sereine à lire un roman. Elle se sentait même tellement apaisée qu'elle éteignit les lumières avant de se coucher.

Ce fut une erreur.

Elle s'éveilla au beau milieu de la nuit, le cœur battant, persuadée d'avoir entendu du bruit dans la cour.

Paralysée, elle tendit l'oreille, mais ne perçut rien d'autre que les habituels grincements. Décidée à en avoir le cœur net, elle enfila un peignoir puis, armée d'une vieille crosse de hockey, parcourut toutes les pièces sans découvrir personne. Soulagée et très fière de son courage, elle regagnait sa chambre quand une idée de génie lui traversa l'esprit. Composant le numéro d'Adam, elle eut la surprise de l'entendre décrocher dès la deuxième sonnerie.

— Adam ? dit-elle d'une voix étouffée.

— C'est toi, Gabrielle ?

— Oui.

— Que se passe-t-il ?

— J'ai peur.

Elle ne mentait pas. L'initiative qu'elle venait de prendre la terrifiait.

— Je crois que quelqu'un essaie d'entrer dans la maison.

146

— Tu es dans ta chambre ?

— Oui.

— La porte est fermée à clé ?

— Oui.

— Ne bouge pas, j'arrive.

Assise au bord du lit, Gabrielle était en proie au doute. Ne venait-elle pas de faire une erreur ? Puis elle se raisonna. Au point où elle en était, elle n'avait plus rien à perdre. Un peu inquiète, elle s'examina dans la glace. Son apparence laissait à désirer, mais elle était censée être terrifiée, aussi se recoucha-t-elle sans chercher à l'améliorer et se prépara à une attente interminable.

Quinze minutes plus tard, la voiture d'Adam arrivait en trombe. Il avait dû battre des records de vitesse pour arriver aussi vite.

De sa fenêtre, elle le vit bondir de sa voiture et courir vers la maison. Quelques secondes plus tard, il tambourinait à la porte de la chambre.

— Gabrielle ! C'est moi, ouvre !

Elle obtempéra en tremblant. Adam fit irruption, les cheveux en bataille, le visage pâle et défait.

— Ça va ?

Elle acquiesça.

— Que s'est-il passé ?

— J'ai entendu du bruit. J'ai fouillé la maison, sans succès. Cela doit venir de l'extérieur. J'espère que je ne t'ai pas fait venir pour rien.

— Reste là, pendant que je fais le tour de la maison.

— Non ! S'il y a quelqu'un, tu pourrais être blessé.

Il esquissa un petit sourire.

— Je vais prendre la crosse de hockey.

— Je t'accompagne.

— Pas question ! Je reviens le plus vite possible.

Morte d'anxiété, Gabrielle descendit dans la cuisine pour attendre le retour d'Adam qui la rejoignit assez vite.

— Pourquoi n'es-tu pas restée dans ta chambre ?

L'émotion qui brillait dans les yeux d'Adam démentait la brusquerie de la question.

— Il est temps que je me comporte en adulte, mais je te remercie d'être venu.

— Tu savais que je n'hésiterais pas.

— J'ai vraiment entendu du bruit, mais je me suis dit que t'appeler était un moyen comme un autre de t'obliger à m'écouter. Le seul moyen, en fait, puisque tu refuses de répondre au téléphone.

Un nerf tressaillit sur la tempe d'Adam.

— Si cet homme n'était pas Jeremy de qui s'agissait-il ? s'enquit-il d'un ton dur.

— De Jake Trent, mon ancien patron.

Et Gabrielle de raconter ce qui s'était passé.

— Tu l'as frappé avec ça ? s'exclama Adam en désignant le cendrier en onyx.

— Oui, mais ce n'est pas le cendrier qui lui a fait le plus mal, à mon avis.

— Je m'en doute. Il a déjà essayé de t'agresser ?

— Non, mais il me tourne autour depuis longtemps. Il se prend pour un séducteur et le fait que j'ose lui résister le rend fou.

— Pourtant, il devait être au courant de ta liaison avec Jeremy, non ?

— Jeremy est un ami, Adam. Par ailleurs, il a peu de goût pour les femmes.

— Si jamais ce Trent se manifeste encore, préviens-moi, déclara Adam d'une voix menaçante. J'ai vécu l'enfer depuis l'autre jour.

— Moi aussi, figure-toi, mais par orgueil, je me suis interdit de te supplier de m'écouter.

Adam posa sur elle un regard tourmenté.

— Est-ce vraiment à cause du prêt que j'ai fait à ton père que tu as fait l'amour avec moi ?

— Bien sûr que non. J'étais tellement blessée par ton attitude que j'ai voulu te faire mal à mon tour.

— Tu as réussi, je t'assure.

Gabrielle sourit.

— En revanche, c'est à cause du prêt que j'ai accepté de restaurer le tableau : papa a exercé un chantage sentimental sur moi.

Adam se dérida enfin.

— C'était donc ça!

Il serra les mains de la jeune femme dans les siennes à les broyer.

— Si tu viens t'asseoir sur mes genoux, c'est moi qui vais te supplier.

— De quoi?

— De me pardonner, pour commencer.

Lorsqu'ils furent assis sur une chaise, Adam lui souleva le menton.

— Si ta fierté t'interdisait de m'appeler, pourquoi as-tu téléphoné, tout à l'heure?

Gabrielle raconta sa visite à Henrietta.

— Elle m'a fait promettre de te parler coûte que coûte. Lorsque ce bruit m'a réveillée, je me suis dit qu'il fallait saisir l'occasion.

— Tu m'as fait une peur du diable.

Il changea de position.

— Dommage que ton père n'ait pas gardé quelques sièges confortables quand il a vendu les meubles de sa tante!

— Si tu préfères, nous pouvons aller nous asseoir sur mon lit.

Le bras d'Adam se crispa autour de la taille de la jeune femme.

— Si je m'approche de ton lit, ce ne sera pas pour m'asseoir.

— Pour quelle raison crois-tu que j'ai fait cette proposition?

Un sourire espiègle aux lèvres, Gabrielle se leva en lui tendant la main.

— Viens.

— Cela signifie que tu m'as pardonné?

— Pour cette fois, mais tu n'auras pas de deuxième chance, alors ne recommence pas.

— Je n'oserais pas. Ce cendrier m'impressionne beaucoup trop, dit-il en l'étreignant à l'étouffer. Si je rencontre ce Trent, je serai capable de l'étrangler. Mon univers s'est effondré quand je vous ai vus ensemble. Tu sais, Gabrielle, j'ai besoin de toi comme de l'air que je respire.

Elle leva vers lui un regard clair et lumineux.

— Si je n'en étais pas persuadée, je ne t'aurais jamais pardonné.

— J'étais fou de jalousie, tu comprends.

— C'est ce que prétend Henrietta. J'avoue que cela m'a réconfortée.

— Cela te fait plaisir que je sois jaloux ?

— Cela signifie que tu m'aimes, non ? Bon, que fait-on maintenant ? Tu rentres chez toi ou tu me suis ?

Adam l'entraîna vers l'escalier en riant.

— A partir d'aujourd'hui, nous ne nous quittons plus, Gabrielle. Que ce soit à Friars Wood ou ici, je dors avec toi.

Deux mois plus tard, par une superbe soirée du mois d'août, les Dysart au grand complet se réunissaient à Friars Wood pour les fiançailles d'Adam et Gabrielle. Face à eux, Gabrielle, Laura et Harry tentaient de faire le poids.

Caroline et Jessica bombardèrent Gabrielle de questions sur la date du mariage, mais Adam glissa un bras possessif autour des épaules de sa fiancée.

— Laissez donc Gabrielle tranquille ! Vous allez la terrifier à la fin.

Gabrielle sourit puis se dégagea pour aller aider Kate et Fanny qui passaient des canapés pour l'apéritif.

— Tu ne te sens pas trop écrasée par le nombre ? demanda Kate.

— Au contraire, je suis ravie. Tes parents sont vraiment adorables. Ils n'ont pas bronché quand je me suis installée avec Adam.

— Evidemment, ils sont fous de joie. Tu es la première femme qu'il amène dans notre famille, tu sais.

Peu après, tout le monde prit place autour de l'immense table de la salle à manger. Assise entre Lorenzo et Jonah, les deux beaux-frères d'Adam, Gabrielle faisait face à son fiancé.

— Pas de flirt, décréta celui-ci d'un ton mi-figue, mi-raisin à l'intention des deux voisins de Gabrielle.

— Oh, oh, j'ignorais que tu étais d'un tempérament jaloux, mon cher frère, se moqua Jessica.

— Moi aussi. Il a fallu que je rencontre Gabrielle.

— Ne crains rien, assura Lorenzo. Jessica aussi est jalouse comme une tigresse.

Tout le monde éclata de rire.

Jonah tendit un saladier à la jeune femme.

— Ne t'inquiète pas, la meute fait du bruit, mais elle est relativement pacifique. Tu t'y feras assez vite. Sur quoi travailles-tu, en ce moment ?

Au dessert, Gabrielle se surprit à contempler Adam d'un air rêveur. Par moments, elle avait de la peine à croire à son bonheur. Non seulement, elle avait rencontré l'homme de sa vie, mais ses parents s'étaient réconciliés, Hayward était vendu et tous deux s'installaient à Pennington, dans une ravissante maison ancienne.

Un seul nuage assombrissait son horizon. Conscient de ses réticences à l'égard du mariage, Adam se gardait d'évoquer cette question. Il ignorait que la réconciliation de ses parents et l'exemple de tous ces couples épanouis autour d'elle avaient modifié radicalement son point de vue et qu'elle rêvait secrètement de sauter le pas.

Elle en était là de ses pensées quand Tom Dysart repoussa sa chaise pour porter un toast.

— A Gabrielle et Adam, déclara-t-il.

Tout le monde se joignit à lui avec enthousiasme. Lorsque Tom reprit sa place, Gabrielle se leva à son tour, sous le regard stupéfait d'Adam.

— Ne vous inquiétez pas, je n'ai pas l'intention de vous abreuver d'un long discours, mais simplement de proposer un toast de mon cru.

Elle plongea les yeux dans ceux d'Adam.

— A l'élu de mon cœur dont j'espère qu'il sera bientôt mon mari, déclara-t-elle, en proie à une visible émotion.

Adam mit plusieurs secondes à réagir. Puis il se leva d'un bond, contourna la table et prit Gabrielle par la main.

Ignorant les sifflements de ses sœurs et beaux-frères, il l'entraîna dans le jardin.

— Tu es sérieuse, Gabrielle?

— A quel sujet? le taquina-t-elle.

Adam se vengea d'un baiser enflammé.

— Réponds-moi! Tu es vraiment sérieuse?

— Certes. Si je te demande en mariage, tu accepteras?

Adam éclata de rire et la fit tournoyer jusqu'à lui donner le vertige. Quand il la reposa, une salve d'applaudissements éclata du haut de la terrasse.

— Tu l'as demandée en mariage? cria Caroline.

— Non, c'est elle! répliqua Adam. Et au cas où vous vous poseriez la question, j'ai accepté.

Le baiser étourdissant qui conclut cette déclaration valut aux protagonistes une ovation enthousiaste de la part de leurs spectateurs. Mais c'est à peine s'ils l'entendirent, tout absorbés qu'ils étaient à se réjouir de l'avenir s'offrant à eux.

COLLECTION Coup de folie

Quand l'humour fait pétiller l'amour

1 roman par mois, le 15 de chaque mois

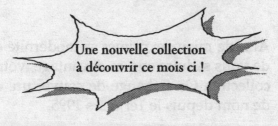

Une nouvelle collection
à découvrir ce mois ci !

Opération Cupidon, Holly Jacobs – n° 1

<u>L'instigatrice</u> : Carrie Delaney, 28 ans, styliste
Activité favorite : téléphoner tous les jours à Jack, son meilleur ami, avec qui elle partage tout, sauf _ hélas ! _ son lit.
Vie privée : fantasme trop sur Jack pour penser à autre chose.

<u>La victime</u> : Jack Templeton, 30 ans, avocat
Activité favorite : travailler, mais rester disponible pour Carrie chaque fois qu'elle le sollicite… c'est-à-dire souvent !
Vie privée : va de rupture en rupture sans savoir pourquoi.

<u>Le scénario</u> :
1 : Réserver un séjour pour deux sur Romance Island, une île de rêve strictement réservée aux couples.
2 : Y entraîner Jack, sans lui donner de détails sur l'endroit.
3 : Sur place, lui sortir le grand jeu pour qu'il comprenne que la femme de sa vie est là, sous ses yeux, et qu'il est temps de passer aux choses sérieuses…

Le nouveau visage
de la collection Or

◆

AMOURS D'AUJOURD'HUI

Afin de mieux exprimer sa modernité et de vous séduire encore davantage, votre collection Or a changé de couverture et de nom depuis le 1er mars 1995.

Rassurez-vous, les romans, eux, ne changent pas, et vous pourrez retrouver dans la collection **Amours d'Aujourd'hui** tous vos auteurs préférés.

Comme chaque mois, en effet, vous y attendent des héros d'aujourd'hui, aux prises avec des passions fortes et des situations difficiles...

**COLLECTION
AMOURS D'AUJOURD'HUI :**
Quand l'amour guérit des blessures de la vie...

Chère lectrice,

Vous nous êtes fidèle depuis longtemps?
Vous venez de faire notre connaissance?

C'est pour votre plaisir que nous avons
imaginé un rendez-vous chaque mois
avec vos auteurs préférés, vos
AUTEURS VEDETTE dans les
collections Azur et Horizon.

Les AUTEURS VEDETTE vous
donneront rendez-vous pour de
nouveaux livres vedette.

Pour les reconnaître, cherchez
l'étoile ... Elle vous guidera!

Éditions Harlequin

AUT-R-R

HARLEQUIN

LE FORUM DES LECTEURS ET LECTRICES

CHERS(ES) LECTEURS ET LECTRICES,

VOUS NOUS ETES FIDÈLES DEPUIS LONGTEMPS?

VOUS VENEZ DE FAIRE NOTRE CONNAISSANCE?

SI VOUS AVEZ DES COMMENTAIRES, DES CRITIQUES À
FORMULER, DES SUGGESTIONS À OFFRIR, N'HÉSITEZ
PAS... ÉCRIVEZ-NOUS À:
LES ENTERPRISES HARLEQUIN LTÉE.
498 RUE ODILE
FABREVILLE, LAVAL, QUÉBEC.
H7R 5X1

C'EST AVEC VOS PRÉCIEUX COMMENTAIRES QUE NOUS
ALLONS POUVOIR MIEUX VOUS SERVIR.

DE PLUS, SI VOUS DÉSIREZ RECEVOIR UNE OU
PLUSIEURS DE VOS SÉRIES HARLEQUIN PRÉFÉRÉE(S)
À VOTRE DOMICILE, NE TARDEZ PAS À CONTACTER LE
SERVICE D'ABONNEMENT; EN APPELANT AU
(514) 875-4444 (RÉGION DE MONTRÉAL) OU 1-800-667-4444
(EXTÉRIEUR DE MONTRÉAL) OU TÉLÉCOPIEUR
(514) 523-4444 OU COURRIER ELECTRONIQUE:
AQCOURRIER@ABONNEMENT.QC.CA OU EN ÉCRIVANT À:
ABONNEMENT QUÉBEC
525 RUE LOUIS-PASTEUR
BOUCHERVILLE, QUÉBEC
J4B 8E7

MERCI, À L'AVANCE, DE VOTRE COOPÉRATION.

BONNE LECTURE.

HARLEQUIN.

VOTRE PASSEPORT POUR LE MONDE DE L'AMOUR.